BIBLIOTHEQUE

MORALE ET LITTÉRAIRE

GRAND-IN 8° 2° SÉRIE

A BORD

DU

MARIOTIS

NOTES D'UN VOYAGEUR

PAR

CHARLES BUET

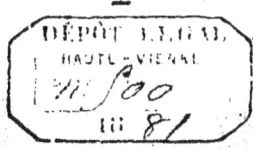

LIMOGES

Marc BARBOU et Cie, IMPRIMEURS-LIBRAIRES

Rue Puy-Vieille-Monnaie

A L'ABBÉ FLORENT REBRIOUX

PROFESSEUR AU PETIT SÉMINAIRE SAINT-CÉLESTIN, A BOURGES,

En souvenir de quelques jours heureux, et comme témoignage d'une amitié qui durera toujours, l'auteur dédie ce petit livre.

CH. B.

Privas, juillet 1871.

A BORD DU MARIOTIS

Ce ne fut pas sans un certain serrement de cœur que je vis arriver le jour où, pour la première fois, j'allais me livrer aux caresses de l'onde amère, comme disaient les poètes, quand il y en avait encore.

J'avais déjà fait, de Livourne à Marseille, une traversée des moins agréables, à bord du Quirinal. Je n'avais point subi les délectables émotions d'une tempête, mais bien les ennuis d'une affreuse bourrasque ; cependant le mal de mer voulut bien ne pas s'attaquer à moi.

Mes autres campagnes maritimes se bornaient à quelques promenades sur l'Adriatique, et je crois même que nous traversâmes un jour, quelques amis et moi, ce golfe aux flots d'azur, pour mettre le pied sur la côte de Dalmatie et boire, à Zara, du marasquin authentique.

Cette fois, le voyage que je me décidais à entreprendre devait durer vingt-cinq jours ; et aussi, malgré le plaisir que je me promettais, j'éprouvai une certaine appréhension. Je pus, du moins, échapper aux pénibles secousses d'une séparation. Depuis huit jours, ma famille avait reçu mes adieux et je n'avais à Marseille aucun ami qui pût attrister le moment du départ.

« Le moi est haïssable » a dit Pascal. Je suis un peu de l'avis du célèbre philosophe, mais comme je dois raconter mes impressions personnelles, il faut que vous me permettiez l'emploi de ce pronom.

Le 9 septembre 186*, je me rendis à bord du «Prince-Noir» qui devait nous conduire jusqu'à Alexandrie d'Egypte. Tenant à voyager aussi confortablement que me le permettait ma bourse de jeune homme, j'avais arrêté une modeste place de seconde. Je voulus, avant que le flot des passagers vînt inonder le paquebot, faire mes préparatifs et m'installer dans ma cabine. Ce fut promptement fait. Dans un tiroir étroit d'une commode en miniature, je rangeai quelque linge ; des vêtements de rechange prirent place au pied de mon lit. Sept ou huit volumes de la *Bibliothèque des Merveilles* que publie la maison Hachette, formaient tout mon bagage littéraire, et je l'étalai avec soin dans le filet placé au-dessus de ma couchette. Puis, armé d'une lorgnette de voyage, d'un certain flacon dont on connaîtra plus tard le contenu, je remontai sur le pont, et de là, sur la dunette.

Le temps était magnifique, et le spectacle, des plus beaux. Sur le quai d'embarquement se pressaient les passagers, accompagnés de leurs parents et de leurs amis. A gauche, les immenses bâtiments des docks s'étendaient à perte de vue ; Marseille et ses maisons hautes d'étages, occupait la droite, et apparaissait, dominée par la chapelle dédiée à Notre-Dame de la Garde. La tour bysantine de ce sanctuaire se dessinait sur le ciel bleu, avec ses assises aux pierres de couleurs alternées, ses fenêtres trilobées, sa balustrade fouillée à jour.

Bientôt le pont du « Prince-Noir » fut envahi. Ce fut, pendant un instant un brouhaha de voix, de cris, de murmures auxquels se mêlait le bruit mat des bagages heurtant contre le plancher du bâtiment et le grondement de la vapeur qui commençait à remplir les chaudières. Les officiers donnaient leurs ordres et les matelots couraient çà et là : c'était vraiment l'ordre dans le désordre. Pendant ce temps-là, mes compagnons de voyage avaient fait ce que je m'étais empressé de faire avant eux. Enfin l'ordre du départ est donné, l'ancre levée, le bâtiment s'incline, tangue violemment de l'arrière à l'avant, et nous partons.

MESSINE

MESSINE

Nous avions vu s'effacer peu à peu Marseille, les côtes de Provence et les îles voisines de la cité phocéenne. La terre n'apparaissait plus à l'horizon que comme une bande de terre.

Les passagers étaient remontés sur le pont; des groupes se formèrent; l'on se présenta les uns aux autres, et chacun, dès-lors, s'occupa d'examiner avec qui le hasard le mettait en relations.

Afin de n'avoir pas à revenir sur ce sujet, disons quelques mots de la vie du bord et traçons quelques portraits rapides de nos compagnons de voyage.

Le hasard, ce grand inconnu qui s'amuse parfois à nous jouer de si mauvais tours, m'avait fait rencontrer à bord un jeune Anglo-Indien que j'avais connu l'année précédente à Paris où il était venu compléter son éducation, et qui retournait à Lahore en passant par la Perse et l'Afghanistan. Il devait descendre à Aden.

Ce jeune homme, nommé Algee-Montoussamy-Ali-Mirza, rencontra sur le bâteau un missionnaire avec lequel il avait fait précédemment le voyage d'Aden à Marseille et qui retournait à Shang-Haï, suivi de quatre nouveaux missionnaires.

Algee me fit l'honneur de me présenter au R. P. B*** qui, à son tour, me fit connaître à ses compagnons auxquels mon nom n'était pas absolument inconnu. Deux familles créoles de Batavia, que M. B*** connaissait aussi, se trouvaient parmi les passagers, et je fus bientôt en relations suivies avec mesdames et MM. V... et D...

Notre journée se passait comme il suit : le matin, après le quart de lavage, lequel dure de quatre à huit heures, l'on se réunissait sur le pont, après avoir pris soit du café, soit du thé; à neuf heures et demie l'on déjeûnait et l'on n'avait d'autre occupation après le déjeûner que d'attendre, en causant, le dîner, lequel avait lieu à cinq heures. Le dîner achevé, l'on se retrouvait sur la dunette et l'on causait jusqu'à onze heures, après quoi tout le monde s'en allait coucher, absolument comme dans la chanson de Malbrough.

Pour mon compte, il n'en était pas ainsi.

Je passai la plus grande partie de la nuit avec Algee et un jeune Maltais, le comte Giovanni S...

Assis à l'arrière dans les fauteuils de rotin que tout passager se fait une loi d'emporter avec lui, nous prolongions la causerie aussi longtemps que possible. Algee, doué de connaissances peu communes, me parlait de l'Inde, de sa religion, de ses castes et peut-être un jour, à l'aide de mes propres souvenirs et des notes communiquées à votre humble serviteur par ce sectateur de Brahma, peut-être un jour, dis-je, vous raconterai-je bien des choses que l'on ignore généralement en France, où l'on se fait fort de tout connaître.

Le comte S*** ne m'intéressait pas moins. Travailleur comme un bénédictin, il avait étudié à fond l'histoire italienne du moyen-âge. Il n'était pas de chronique, pas de légende, pas de fait passant inaperçu dans l'histoire qu'il n'eût rangé dans un des lobes de sa cervelle divisée en rayons et en casiers comme une bibliothèque.

L'on doit penser si le temps me durait entre ces deux causeurs non moins aimables qu'érudits. En outre, la conversation frivole des salons ne manquait pas non plus. Nos Créoles possédaient cet

art particulier aux Français d'employer un nombre infini de mots
pour ne rien dire. En vérité, l'on se fût cru, à certains moments,
dans un salon du faubourg Saint-Germain ou de la Chaussée-
d'Antin. Nous étions tous trois à l'abri du mal de mer.

Néanmoins le comte S*** en avait quelques atteintes, mais, à
l'aide du flacon dont j'ai parlé plus haut, je l'en eus bien vite
guéri. J'avais bu moi-même, au début du voyage, quelques cuille-
rées du contenu de ce flacon et, non-seulement je n'eus pas le mal
de mer, mais je n'éprouvai même pas la plus légère indisposition.
Souvent il arriva que la salle à manger était dégarnie de la plupart des passagers, mais le maître-d'hôtel du « Prince-Noir » et celui
du « Mariotis » peuvent témoigner que je ne m'en absentai pas une
seule fois et que je ne commis jamais l'impolitesse de laisser le repas inachevé. Le spécifique auquel je dus cet immense service est
l'*Elixir de santé* de Bonjean. Je serais vraiment désolé de paraître
faire une réclame ; je le serais plus encore de ne pas rendre un
hommage public à ce précieux breuvage.

De Marseille à Bonifacio le temps fut splendide, et nous pûmes
admirer tout à notre aise les côtes de Corse, Bonifacio, le rocher de
l'Ours, les côtes de Sardaigne, l'île de la Madalena et celle de Capre-
ra, où le sieur Garibaldi cache présentement sa chemise écarlate
et sa gloire légèrement entachée de ridicule. Au-delà des *Bouches*,
un orage formidable éclata sur nos têtes. La mer était légèrement
agitée, aux approches du coucher du soleil ; ses flots couleur d'encre
grondaient sourdement ; le ciel s'était couvert de nuages noirs que
déchiraient par instants des éclairs éblouissants de lumière et
disparaissaient pour reparaître encore.

Le soleil, semblable à un immense bouclier de fer chauffé au
rouge-blanc, était prêt à s'enfoncer dans l'onde quand un vaisseau
passa à l'horizon, profilant sur la masse éblouissante de flamme,
la silhouette grêle de ses mâts et de leurs agrès. Peu après la nuit
se fit, sombre et silencieuse. Pas une étoile ne brillait au ciel.
Tout-à-coup la foudre fit entendre sa voix immense ; les éclairs se
succédaient sans relâche ; le bruit épouvantable du tonnerre s'u-
nissait au mugissement des flots ; une pluie fine tombait, inondant
le pont du navire, et le panache de noire fumée vomie par la cheminée du paquebot dessinait dans les airs des spirales fantastiques.

N'allez pas croire au moins que j'entendais sans frayeur ce fracas, ces crépitements de la foudre, ce sombre murmure de l'eau; que je voyais sans effroi ces blanches clartés des éclairs, ce voile épais de nuages suspendu dans l'espace. Il faut que je l'avoue, mon cœur battait, car je ne puis entendre le tonnerre sans trembler.

S*** et Algee, debout à côté de moi, cherchaient à calmer cette peur nerveuse que je ressentais et, pour vaincre un sentiment dont j'avais honte, je m'accrochais tant bien que mal aux bordages de la dunette et résolus d'attendre là que l'orage fût fini.

C'était un imposant spectacle !

Cependant le jour vint et le soleil, balayant les nuages, resplendit au loin sur les flots. Les passagers ne s'abordèrent que pour se raconter les émotions de la nuit précédente et se confier, les uns aux autres, qu'ils étaient moulus, brisés. L'air était si frais, le ciel si pur, que ces fatigues furent promptement dissipées.

Le soir, vers huit heures, nous commençâmes à voir la flamme rouge du Stromboli; puis après nous passâmes le cap Bianco; le paquebot doubla le cap Faro, et le plus admirable spectacle s'offrit à nos regards. A droite, s'étendaient les côtes de Sicile que la lune illuminait de ses pâles rayons; à gauche, l'extrémité du sud de l'Italie baignait dans les flots miroitants la base de ses collines. D'un côté, Messine s'offrait à nos regards avec ses innombrables reverbères, les tours blanches de ses églises qui se dressaient au-dessus des terrasses, estompant sur le ciel leurs contours indécis; à gauche, des milliers de becs de gaz alignés en files interminables ressortant sur l'obscurité traçaient un plan parfaitement exact de Reggio-in-Calabria. Au loin, une fumée légère qui ternissait à peine l'azur transparent, flottait au-dessus de l'Etna, que les Siciliens nomment *Monte Gibello*.

Dès que le coup de canon du « Prince-Noir » eut dénoncé sa présence dans le port, des quantités de barques vinrent l'assiéger. Par mesure de précaution, l'on ne permit pas aux marchands de monter à bord. Je me munis prudemment de quelque monnaie, et m'affalant sur les enfléchures, pour employer l'expression maritime, je passai bientôt dans une barque où gisaient dans leurs écrins, sous le feu de nombreuses bougies, les bijoux les plus charmants et les plus curieux. Les uns sont en corail rose et se composent de pièces rapportées avec un art parfait; les autres sont des camées en lave, moulés sur l'antique et montés en bagues, en bracelets, en épingles, en broches, *et cætera*.

Après avoir acheté un ravissant camée en lave blanche , je passai dans une autre barque où je trouvai la plus belle collection de *bonshommes* que l'on puisse imaginer. *Saltarelli*, *pifferari*, *calabresi*, brigands et *brigantesses* en carton-pierre peuplaient diverses caisses et force corbeilles.

Je voulus un couple de brigands afin de conserver un souvenir de ces héros du vaudeville et du roman que, par malheur, on ne rencontre plus qu'en peinture.

Plus loin, un petit homme fort guilleret me tendit la main pour me faire passer dans une troisième barque, et là nous engageâmes le dialogue suivant :

— *Lei non vuolé sigari buonissimi, signore?*

— *Si, date mene tre o quattro pachi.*

— *Eccone sei !*

— *Ma non ne voglio tanto. Mi basterà un sol pacco, galantuomo.*

— *Che! che! Eccelenza, di quà in Alessandria sono quattro giorni.*

Bon gré, mal gré, mon individu me fourra dans les poches sept ou huit paquets d'énormes cigares maltais, en échange de quoi il me supplia de lui donner cinq francs. Je lui fis observer que la contrebande était défendue et que son commerce pourrait bien le conduire tout droit *in carcere*. Avec un geste superbe d'indignation, il me prouva qu'il ne vendait point ses cigares. Il en faisait présent aux nobles passagers, lesquels généralement ne lui refusaient pas un petit cadeau. Et voilà comment cet honnête homme savait se mettre en règle avec sa conscience et surtout avec la douane.

Les autres passagers avaient imité mon exemple. Ils se dépétraient de leur mieux de tous ces vendeurs qui réclamaient, chacun à grand renfort de cris et de compliments , la préférence des *stimatissimi viaggiatorj.*

Je me réfugiai bien vite sur le pont, après avoir mis en sûreté mes chères emplettes. Alors, sans accorder la moindre attention à ce qui se passait au-dessous de moi, je me mis à contempler le merveilleux spectacle étalé devant mes yeux. Une main qui se posa sur mon épaule, m'arracha à ma contemplation.

Je me retournai, c'était Giovanni S*** et à côté de lui je vis l'ample *quouftân* (1) d'Algee.

— Nous voilà donc à Messine, me dit le jeune S***. Nous voici dans ce port si vaste et si sûr que *la Faulx* sépare du détroit.

— Qu'appelez-vous *la Faulx*, lui demandai-je, ce n'est pas la jetée naturelle, je suppose, car on la nomme le Bras de San-Ranieri.

— Aujourd'hui, oui. Autrefois, c'était bien *la Faulx, Falx, moles falcata,* qui fit donner à Messine son premier nom de Zanclée. Pour arriver ici, nous sommes passés entre Charybde et Scylla. Il est bien fâcheux que nous ne puissions descendre à terre et visiter Messine. Il y a une des plus belles cathédrales que l'on puisse admirer. Oh! que de souvenirs la Sicile rappelle! Il faudrait un volume, cher monsieur, pour résumer son histoire; un volume encore pour décrire ses monuments.

Le comte entra dans une de ces conversations historiques dont il était si prodigue et me tint pendant plus d'une heure sous le charme de sa parole. Sans doute, j'aurais un vrai plaisir à rapporter ici la leçon d'histoire et de poésie qu'il me donna, mais peut-être un tel récit n'entre-t-il point dans le cadre restreint de ces notes jetées à la hâte sur le papier. Lorsque le paquebot se remit en marche, il était quatre heures du matin et, comme le jour allait bientôt paraître, nous renonçâmes à nous coucher, afin de ne perdre de vue, que le plus tard possible, les côtes trinacriennes, comme disait le signor S***.

Nous en fûmes bien récompensés. Le soleil se leva jetant une ardente lumière sur la terre. A droite, nous avions Reggio et ses collines couvertes d'orangers, de lauriers-roses et d'oliviers; à gauche, apparaissaient Scaletta, Taormina, S.-Alessio que dominait l'Etna dont le sommet, noyé par des vapeurs diaphanes, se confondait avec le ciel. Derrière nous, le cap Faro semblait s'unir à la pointe extrême de l'Italie; sous nos pieds s'étendait une mer d'un bleu intense, moiré, comme la nacre, de couleurs changeantes.

(1) Le *quouftân* est une longue robe de soie, ouverte par devant.

ALEXANDRIE

ALEXANDRIE

Le 15 septembre, nous entrions dans le port d'Alexandrie. C'est là que je devais me séparer de M. S..., qui se rendait à Jérusalem. En apercevant les moulins à vent semés sur la plage, entre la ville et la tour du Marabout ; en voyant, au fond de la rade, la tour du Phare, auprès de laquelle se dressent les constructions blanches du palais d'Ismaïl-Pacha, j'éprouvai un sentiment de bonheur. J'allais donc entrevoir enfin un coin de cet Orient que je n'avais connu jusqu'alors que par les contes du bonhomme Galland... J'allais pouvoir contempler les restes de cette civilisation égyptienne que les Champollion nous ont, pour ainsi dire, dévoilée.

Pourtant, le temps me manquait pour étudier les monuments d'Alexandrie comme j'eusse voulu le faire ; j'étais obligé de me contenter d'y donner un coup d'œil, de saisir l'ensemble si pittoresque de cette ville et d'en emporter un souvenir bien précis.

A peine débarqué, je me fis conduire chez un de mes compatriotes, célèbre explorateur du centre de l'Afrique. Il était parti pour l'Europe et je dus me résigner à subir l'hospitalité de *l'Hôtel-d'Angleterre* où l'on paye fort cher de très-mauvais repas.

Je pris à peine le temps de changer de vêtements, et, muni d'une espèce de drogman, je montai, avec Algee-Mirza, dans un fiacre, conduit par un Arabe déguenillé. Notre guide, qui connaissait les goûts des voyageurs, nous traça en un patois mêlé de français, d'italien, d'anglais et d'arabe, un itinéraire que nous adoptâmes sans murmurer.

Il nous conduisit tout d'abord à la colonne de Pompée, ainsi nommée, parce qu'elle fut taillée sur l'ordre d'Alexandre, et érigée en l'honneur de Dioclétien, par Pomponius, gouverneur de l'Egypte.

C'est un monolithe en granit rose, de trente mètres de hauteur sur trois de diamètre, qui s'élève à l'extrémité d'une longue avenue d'acacias, et qui domine le cimetière arabe. Rien de singulier comme les pierres tombales surmontées de turbans grossièrement sculptés qui remplacent, sur la cendre des morts, les croix de nos cimetières chrétiens. Il faut avouer qu'une simple croix de bois, la plus humble de toutes, inspire un sentiment plus profond que le plus splendide tombeau musulman.

L'ancienne Alexandrie environnait la colonne de Pompée. C'est là que plusieurs de nos soldats, tués à l'assaut de la ville, furent ensevelis.

De la colonne de Pompée, laquelle ne mérite guère, à mon avis, qu'on se dérange pour l'aller voir, on se rend, en suivant les bords du canal Mamoudieh, aux aiguilles de Cléopâtre. Ce sont deux obélisques dont l'un est brisé en trois morceaux qui gisent dans le sable. Celui qui est debout appartient aux Anglais; l'air salin de la mer le détériore peu à peu; sa base est enfouie dans le sable; tous deux sont décorés d'hieroglyphes en assez mauvais état. Des aiguilles de Cléopâtres, on nous ramena, par un chemin bordé de palmiers, de dattiers et de gigantesques nopals, dans l'intérieur de la ville.

Nous visitâmes, en passant, la mosquée à demi-ruinée de l'émir Akhour, puis, arrivés sur la place des Consuls, nous congédiâmes fiacre et guide. Nous voulions juger un peu par nous-mêmes, et comme Algee-Mirza parlait aussi bien l'arabe que sa langue maternelle, nous nous engageâmes sans trop de craintes dans un dédale de rues.

La place des Consuls ressemblerait à une place quelconque de Paris ou de Turin, n'était la foule bariolée dont elle regorge. Elle est entourée de constructions sans caractère, badigeonnées en jaune et en rose comme les maisons italiennes. Seul, le palais Zizinia a des fenêtres cintrées, de style arabe ; en revanche, son rez-de-chaussée possède des magasins semblables à ceux de la rue Vivienne, ou du boulevard. Nous cherchâmes en vain la ville arabe. Les rues d'Alexandrie ressemblent à toutes les rues du monde ; seulement, de temps à autre, on aperçoit une mosquée ou un minaret à demi ruiné.

La foule qui circule présente seule quelque pittoresque. Les Européens habitants d'Alexandrie portent pour la plupart le tarbouch en drap rouge, derrière lequel pend un gland noir ; cette coiffure les fait ressembler de loin, à de colossales bouteilles de vin de bordeaux, coiffées de leur cachets de cire. Les Arabes sont reconnaissables à leur type si connu, à leur costume tout oriental. Les uns, pauvres hères sans doute, portent sur le *libâs*, espèce de caleçon, une grande blouse de coton bleue ou blanche, nommée *iri*. Leur tête rasée est protégée par le *libdah*, bonnet brun en feutre grossier. Les Arabes du désert ont sous le *bournous*, la *gel labieh*, capote en laine rayée de brun, de blanc et de rouge ; leur coiffure se compose du tarbouch qu'ils entourent d'un turban. Les égyptiens riches portent un pantalon ou *cherouâl* en cachemire bleu, noir ou havane, serré à la taille par un cordon nommé *dikkâh*. Leur gilet ou *sedèreh* est orné de boutons d'or où d'argent ; ils portent par-dessus ce gilet un *anteri*, espèce de jaquette à manches ouvertes, passementées de galons de soie. Ce costume est complété par le tarbouch, le *goûfieh*, voile en soie rayée de vive nuance et tissé d'or, que l'on porte sur la tête, et par un châle de soie, le *hhézam*, qui sert de ceinture. Presque tous les Arabes portent, suspendu au cou, un *hégâb*, ou amulette.

Les femmes, comme on l'a dit tant de fois, ne sortent qu'enveloppées du *hhâbara*, ou mantille en soie noire. Les pauvres se contentent d'un manteau en coton nommé *milâyeh*. Le visage est couvert d'un voile qui ne laisse apercevoir que les yeux.

Du reste, l'on voit dans les rues d'Alexandrie une telle diversité de costumes, qu'il serait impossible d'en donner une description détaillée. Persans, Hindous, Arméniens, Syriens, Druses, Maronites, Bedouins du Sinaï, Tripolitains, Tunisiens, Turcs et Grecs se mêlent, se confondent, se heurtent sans même se regarder.

Tout ce monde s'agite, parle, gesticule sans faire attention au voisin. Les marchands vous arrêtent au passage. Là, c'est un *Hhabbák* qui vous offre des broderies ; ici un *Aggad* qui essaie de vous vendre les cordons de soie qu'il fabrique ; plus loin un *Fàouál* débite des fèves cuites ; un *Sâga* chargé d'outres remplies d'eau fend la foule à grand renfort de coups de coude ; un *Fatatri* crie à gorge déployée le nom de ses différents gâteaux.

Entrez-vous chez un marchand de tabac, il faut que vous fassiez netoyer vos pipes par le *moussèllikátti*, dont c'est la seule occupation ; tout-à-côté le Farrám découpe le dohhàm, ou tabac à fumer, tandis qu'un jeune Grec, à l'air sournois, pèse dans une balance de corne le *neuchoùq* (tabac à priser), dont vous désirez emplir votre tabatière.

Nous entrâmes, Algee et moi, dans une sorte de restaurant arabe. L'on ne s'inquiéta pas plus de nous que si nous n'existions pas. Cependant un jeune homme assez richement vêtu, qui se trouvait à côté de nous, retira d'entre ses lèvres le tùyau de sa longue pipe et nous l'offrit avec un geste gracieux.

Agee le remercia par un laconique :

— *Katter hhéïrak ya sîdi.*

— Je vous remercie, seigneur.

Je lui reprochai son impolitesse, en lui faisant observer que ce jeune homme pouvait nous donner différents renseignements. En effet, il avait devant lui, sur la table, un certain nombre de plats. Algee lui en demanda les noms. Nous sûmes alors que le repas du jeune homme se composait de pois chiches, de fèves bouillies assaisonnées avec du beurre et du jus de citron, et de petits morceaux de viande assaisonnées de persil et de céleri.

En guise de vin, il buvait une bière faite avec du pain d'orge et de l'eau fermentée. Cette bière se nomme *boûzah*. Au dessert, il la remplaça par du *zebib*, limonade faite avec du raisin.

Je ne voulus point quitter le restaurant sans goûter le café préparé à la turque. On nous apporta donc, sur un plateau, une cafetière supportée par un réchaud en argent (*el asga*), et deux tasses posées sur des soucoupes du même métal, et qu'on apelle *zarf*. Ce café, ainsi que l'ont déjà dit cent voyageurs, est une bouillie épaisse que l'on boit sans sucre, et qui est tout bonnement la plus répugnante boisson qu'il m'ait été donné d'avaler.

Aussi, après avoir soldé notre dépense, qui se montait à vingt *paras*, soit un franc, nous empressâmes-nous de reprendre notre promenade, dans l'espérance de recueillir quelques types nouveaux. Je prie mon bienveillant lecteur de nous suivre et de me pardonner la quantité de mots arabes dont ce récit est émaillé. J'ai tenu à donner une idée aussi exacte que possible des choses que j'ai vues et entendues. Si tous ces détails paraissent fastidieux à quelques-uns, ils plairont à d'autres : C'est par les détails que l'on connaît la vie intime des peuples.

Pour faire évaporer jusqu'au souvenir de cet affreux café turc, nous allâmes, Algee et moi, nous installer dans un café de la place des Consuls, devant lequel défilait une foule compacte. Là, ayant pour trait-d'union une table chargée de sorbets, nous recommençâmes nos observations, tandis qu'un * Oualled* en haillons décrottait nos chaussures. Cela m'amène à dire que les rues d'Alexandrie sont des fleuves de boue, lorsqu'elles ne sont pas des océans de poussière. Il n'y a pas de terme moyen, et les deux cas ont leurs inconvénients. La boue vous submerge, et la poussière vous revêt d'une belle teinte *poivre et sel*. Aussi, devant tous les magasins, une multitude de polissons, en robe bleue ou grise, armés de cirage et de brosses, offrent leurs services aux passants. Seulement, au lieu de vous crier, comme les décrotteurs parisiens :

— Cirer, m'sieu ?

Ils hurlent à pleins poumons :

— *Imsah morakib* ?

Ce qui signifie absolument la même chose.

Notre attention fut bientôt attirée par deux groupes qui se formèrent devant nous. Celui de gauche était composé de deux hommes : l'un vêtu d'une veste et d'un pantalon violet, coiffé du tarbouch classique, pinçait les cordes d'une sorte de guitare à sept cordes, appelée *oûd* ; l'autre, couvert d'une longue robe rougeâtre et coiffé d'un turban blanc, tirait des sons moins que mélodieux d'une très-petite harpe qu'il avait posée sur ses genoux. Ils avaient étendu sur le trottoir — il y a des trottoirs en Egypte ! — un vieux tapis usé, et ils se disposaient à nous donner un concert. Algee savait d'avance à quel supplice nos oreilles allaient être exposées ; il jeta bien vite quelques piastres à ces messieurs en leur enjoignant avec énergie d'aller se... promener ailleurs.

— Quelle espèce de musique possèdent les Arabes, demandai-je aussitôt à mon Anglo-Indien.

— En fait de musique écrite, me répondit-il, j'ignore ce qu'il en est.

Outre le *qanoûm* et l'*oûd* que vous avez eu le plaisir d'entendre un instant, ils possèdent encore cinq autres instruments aussi peu harmonieux qu'un chaudron sur lequel on tape avec une pincette. Ils ont le *keméngêh*, ou violoncelle à deux cordes ; le *zomnâra* et le *naï*, sortes de chalumeaux ; le *târ* et le *darâboûka*, qui sont tout bonnement des tambours. Mais, tenez, contemplez donc ces escrimeurs.

Le groupe de droite se composait, en effet, de deux individus qui méritent une description particulière. Le plus âgé paraissait avoir soixante ans au moins ; sa barbe et ses cheveux étaient blancs ; le type de son visage se rapprochait assez de celui des Italiens maltais, métis d'Israélite. Il portait un *cherouâl* brun et un caftan rapiécé sur une chemise déchiquetée. Ses pieds étaient chaussés de pantoufles rouges, et sa tête se couvrait d'un bonnet de coton blanc, surmonté du tarbouche qu'enveloppait un foulard fort sale. Son compagnon, enfant de douze à quatorze ans, n'était ni moins malpropre, ni moins déguenillé ; il avait, de plus, les pieds nus, et de ses yeux chassieux découlaient sans cesse des larmes mêlées de sanie. Tous deux étaient armés de lattes en fer-blanc et de boucliers en paille ornés de clinquant. Ils s'escrimaient l'un contre l'autre avec beaucoup d'adresse, mais, bien que le spectacle fût curieux, je ne me souciai guère de le contempler.

Deux bédouins du Sinaï embossés dans leur capes de laine rayée n'étaient point tout-à-fait de mon avis et dardaient un regard de feu sur les deux saltimbanques. Près d'eux, un homme, qu'à son riche costume de soie verte, je reconnus pour être un bey, suivait aussi avec une attention soutenue les exercices funanbulesques des *khalbous*.

Non loin de là un écrivain public, vêtu d'une robe brune sur un pantalon rayé bleu et blanc, le chef protégé par un énorme turban noir, écrivait sur un coussin posé à côté de lui.

Ma vue se reposa avec délices sur cet homme que l'on me dit être un copte, car si sa mise était simple, elle était d'une propreté scrupuleuse, ce qui est excessivement rare en Egypte, paraît-il. Du reste, ce vieillard à barbe grise, au regard fin, au front bosselé, au visage ridé, me rappelait vraiment ces fameux lettrés qui se promènent dans les enchantements des *Mille et une nuits*. L'homme sous la dictée duquel écrivait le scribe était un derviche, homme jeune encore, au visage hypocrite et sensuel. Ce derviche portait, enroulé autour de son bonnet pointu un turban vert, marque de distinction des membres du sang de Mahomet.

Musiciens, bouffons, bey, scribe et derviche, entourés d'une foule bariolée, formaient un très-beau tableau de genre qui avait pour fond les maisons ornées de balcons et de *moucharabiehs* de la place des Consuls. Un resplendissant soleil illuminait ce tableau qu'Horace Vernet eût bien voulu peindre

Alexandrie est une ville bien déchue. Ce n'est plus aujourd'hui qu'une espèce de Babel commerçante où se réfugient la plupart des aventuriers européens ou orientaux, qui ont « eu des malheurs » dans leur pays. A ce propos, je signalerai en passant une industrie très-singulière, particulière à l'Egypte.

L'on sait que le jeu de la roulette y est autorisé. Certains industriels en profitent. Chaque soir, ils vont au jeu : ils hasardent un écu de cent sous ; perdent-ils, ils se retirent incontinent et tout est dit ; gagnent-ils, ils restent au jeu tant que la chance les favorise, en ayant soin de ne ponter qu'une faible somme à la fois ; après la première perte, ils s'en vont nanti de leur rente d'une semaine. Il en est, m'a-t-il dit, qui ont réalisé d'assez jolies fortunes par ce moyen simple, mais ingénieux.

Le gouvernement égyptien tolère ces bagatelles ; il a, ma foi ! bien d'autres *tolérances*, et la passion du jeu n'est pas la seule qu'il exploite... Malheureusement, il est bien des choses qui ne peuvent se dire... Alexandrie et le Caire sont peut-être les villes du monde qui ressemblent le plus à ces villes de l'antiquité, que Dieu foudroya et dont la science de notre siècle a su exhumer les restes. Si elle n'a plus, comme Ninive, Babylone, Ecbatane, des palais splendides, des jardins suspendus, des temples magnifiques; des musées incomparables, des bibliothèques à nulles autres pareilles, il lui reste une population indigène profondément corrompue, un peuple avili. Autrefois, les Sarrasins l'envahirent; aujourd'hui, la lie et le rebut du monde s'y entassent... Mais de telles questions ne peuvent être traitées ici : *non est hic locus*. Revenons à notre voyage, et puisse le bienveillant lecteur me pardonner cette intempestive digression.

En somme, Alexandrie ne possède plus aujourd'hui les quatre mille palais, les innombrables bains publics et les quatre cents marchés qui l'ornaient du temps de Cléopâtre. L'art égyptien n'y a laissé que de maigres spécimens; l'art grec n'y est point représenté. C'est un mélange d'architecture européenne et de style moresque; à côté d'un confortable hôtel ou d'une maison à la parisienne se trouvent d'horribles masures et des ruines fangeuses. Le casino y coudoie le café chantant; la salle de jeu se glisse à côté d'un consulat; on vend des articles de Paris tout auprès de la boutique d'un brodeur, et le nauséabond cigarre de la régie mêle son odieuse fumée à celle du délicieux latakié. C'est un mélange indescriptible de mœurs, d'usages, de coutumes, de races; une immense fourmilière humaine; un véritable pandémonium où sont amalgamés les éléments les plus divers. Tout cela est éclairé par cette magique lumière du soleil d'Orient que l'on jurerait être différent du nôtre, tant les rayons qu'il darde ont une chaleur intense, une clarté éblouissante.

Et c'est après avoir fait toutes ces réflexions qu'Algee Mirza et moi rentrâmes à notre hôtel. On nous y servit un détestable repas dont le seul avantage était d'être facile à digérer. Vers dix heures, un fiacre nous conduisit à la station du chemin de fer.

Le train était parti, nous dûmes nous résigner à coucher à l'hôtel. Le lendemain, de très-bonne heure, nous étions à la gare.

Pour s'y rendre, l'on traverse le quartier pauvre de la ville. J'épargnerai au lecteur une description de ce triste séjour, fouillis infect où le vice et la misère sont enfouis pêle-mêle. Ce que j'admirai de plus, ce sont des plantations de dattiers étayées sur des pentes qui dominent la rue.

Arrivés à la gare, nous prîmes notre billet et, quelques instants après, nous étions installés dans un wagon assez confortable.

Cependant on ne se pressait guère de partir.

Algee en demanda la raison à un employé, espèce de bureaucrate moitié grec, moitié arabe, qui lui répondit ceci en italien :

—Monsieur, quand S. A. le Vice-Roi fait transporter des soldats, on suspend la marche des trains. Je puis vous affirmer que vous partirez aujourd'hui, mais il m'est impossible de vous dire à quelle heure ce sera.

En attendant, l'honnête fonctionnaire fit jouer une serrure et nous fûmes emprisonnés dans notre compartiment.

Dix minutes plus tard, le train se mettait en marche.

LE CAIRE

LE CAIRE

En sortant d'Alexandrie, la voie ferrée passe entre le lac Mariotis et le canal Mahmoudieh, que l'on cotoie pendant plus
d'une heure. L'on arrive à Damanhour, l'ancienne Héliopolis,
et là commence la végétation touffue qui enrichit la plus grande
partie de la Basse-Egypte. Ce sont de vastes plaines bordées
à l'horizon par des montagnes bleuâtres dont la forme n'est pas
appréciable à cause de la distance. Le coton, le blé, les cannes à
sucres couvrent des champs immenses dont la monotonie est
égayée par d'épaisses touffes de palmiers. Rien n'est plus beau que
l'aspect de ces plaines; on y cultive le tabac, le maïs, l'orge et le
froment, le coton à longue soie, qu'un français, M. Jumel, y a im-
planté. Puis ce sont des rizières d'un vert d'émeraude que nour-
rissent des réseaux de canaux dérivés du Nil. N'étaient les palmiers et le nopals, les minarets des mosquées et les pigeonniers
des villages, on se croirait en Lombardie.

Entre Damanhour et Tantah, l'on traverse la première branche du Nil, celle dont l'embouchure est à Rosette. L'eau jaune du fleuve célèbre entre tous roule pesamment ses eaux sombres entre deux alus tapissés de hautes herbes et dominés par une haie de palmiers au tronc lisse, au long panache de feuilles dentelées.

Nous arrivons enfin à Benhah, où l'embranchement du Caire commence.

Je n'avais qu'un billet de seconde classe, mais, pour jouir de la compagnie d'Algee-Mirza, je m'étais installé sans façon dans une voiture de premières. Le conducteur du train m'en fit l'observation et je me résignai à payer un assez fort supplément lorsque ce personnage me dit, en clignant de l'œil :

— Toi pas bisoin, m'sieu. Toi pouvoir rester; pas rien dire; donne à moi pitit *batchich*.

Je reviendrai plus tard sur le *batchich*. Il me suffira de dire qu'après avoir donné cinq francs à cet honnête homme, je ne fus plus inquiété. Bien plus, du Caire à Suez, il fallut accepter son intervention pour prendre place avec Algee-Mirza et je ne payai, cette fois, ni supplément, ni *batchich*.

A Benhah, de petits *fellah* en guenilles nous présentent des œufs cuits durs et de l'eau du Nil, contenue dans ces vases en terre poreuse que nous appelons *alcarazas*. Tout à l'heure nous reparlerons de ces vases. Les gamins égyptiens vocifèrent :

— Dimi-le franc les é (œufs)!

Au premier abord, nous comprenons *dix mille francs*, mais nous ne tardons pas à éclater de rire en reconnaissant notre erreur. Dimi-le franc signifie cinquante centimes...

Au sortir de Benhah, ce sont toujours les mêmes prairies fertiles.

Les récoltes donnent au khédive des revenus énormes : l'on m'a dit qu'en une seule année, il avait gagné SOIXANTE-QUATRE MILLIONS sur les cotons.

Que de choses l'on aurait à dire sur le gouvernement égyptien! Hélas! il faut encore que je dise : *hic non est locus*. Pourtant que de mystères à dévoiler! que de turpitude! que d'ignominies! Tout se fait par l'argent et pour l'argent. C'est un gaspillage effréné. C'est le vol organisé, érigé en système, breveté avec garantie du gouvernement. Du reste, que peut-on attendre de cette population courbée sous un joug infâme, abâtardie par la misère, livrée aux plus abjectes passions?

Il y aurait encore une belle thèse à soutenir sur l'influence exercée par le mahométisme sur les populations qu'il régit. Car il faut l'avouer, une religion qui fait de la femme une esclave, qui admet le divorce et la répudiation, qui ordonne à la mère d'obéir à son fils; qui permet la polygamie; une telle religion ne peut être faite que pour abrutir ceux qui la pratiquent. Aussi la misère est-elle grande en Egypte. Les classes laborieuses ne peuvent disposer d'aucun pécule, elles gagnent leur pain et vivent au jour le jour, insoucieuses du lendemain. Pressurées par leur maître, elles ne travaillent que pour l'enrichir.

Ceux de mes lecteurs qui voudront s'éclairer à cet égard peuvent lire l'ouvrage de M. le comte Raoul du Bisson, les *Femmes du Soudan*, ils y trouveront des détails que je ne puis donner, effrayé que je suis des détails horribles qu'il faudrait consigner ici par respect pour la vérité.

Je l'ai dit et le répète. Ces quelques notes sur l'Egypte ne sont que la copie des impressions tracées à la hâte sur mon carnet de voyage. Un volume suffirait à peine pour tout dire. Ainsi, je parlerai uniquement de ce que j'ai vu. Je n'entrerai dans aucun détail historique, de peur de m'exposer à des redites. Mon voyage à travers l'Egypte ne fut qu'une course au clocher qui dura dix jours à peine, pendant lesquels j'eus le temps d'entrevoir plutôt que d'analyser.

Ceci posé, je reviens à nos moutons. Avant que d'arriver au Caire, j'ai le temps de vous dire deux mots de la *gargoulette* et du *batchich* ou plutôt *bakchich*.

La gargoulette est un vase de terre poreuse destinée à conserver l'eau fraîche. Il y en a de plusieurs formes, aussi élégantes les unes que les autres. Les provençaux appellent ces vases *bardaques;* les céramistes les nomment hydrocérames (χεραμος, vase, ύδρος qui sue); les Espagnols en fabriquent à Alcaraz, dans la Manche, d'où le nom *alcarasas;* enfin, les Egyptiens les désignent par le mot *coulleh*. Coulleh, alcarazas, hydrocerames, bardaques, gargoulettes, ou quel que soit leur nom, ces vases sont d'un usage précieux dans ce pays, où l'air ressemble plus qu'il ne faudrait à ces vapeurs embrasées que vomit la gueule d'un haut-fourneau.

Quant au bakchich, c'est une autre affaire : son usage me paraît infiniment moins précieux. L'on m'a beaucoup parlé de l'effronterie des mendiants italiens, et j'avoue qu'à Turin, à Bologne, à Florence, j'ai plus d'une fois subi leur exécrable obsession. S'il est quelque chose de plus vexant encore, c'est le bakchich égyptien. Il s'étend à tout ; les classes les plus élevées le réclament comme les plus humbles.

Exemples : Un chef de gare vous donne un renseignement : batchich ; un employé ouvre ou ferme la portière : bakchich ; demandez un nom de station à un Arabe quelconque : bakchich ; vous demandez le nom d'un monument : bakchich ; un gamin abaisse le marchepied de votre voiture : bakchich! en somme, il suffit que vous examiniez pendant un instant le visage d'un homme, d'une femme ou d'un enfant, pour que cet homme, cette femme ou cet enfant se croie autorisé à vous demander un bakchich, en échange du plaisir que vous a procuré la contemplation de son visage.

Nous voici au Caire.

Une foule de polissons demi-nus assiégent les voyageurs. Pour mon compte, j'en ai huit. L'un s'empare de ma valise ; l'autre, de mon carton à chapeau ; le troisième de mon sac de nuit ; trois autres se partagent ma canne, mon parapluie, mon parasol ; le septième ouvre la marche et le huitième la ferme. L'on me conduit processionnellement jusqu'auprès d'un fiacre. Là, après m'être installé sur les coussins de la voiture, je rentre en possession de mes différents objets et je remets, en échange, huit bakchich à mes huit serviteurs. C'est alors un tapage effroyable. Les uns se plaignent de ma parcimonie, les autres exaltent ma générosité ; je vois arriver mon ami Algee, précédé et suivi d'un beau nombre de *oualled* qui l'installent auprès de moi. Plus avisé que votre serviteur, Algee se contente de payer le bakchich à ceux qui lui portaient quelque chose, ce qui est déjà bien honnête. Quant aux autres, il les paye en coups de canne, et bientôt nous sommes débarrassés de ces coquins. Viennent alors sept à huit courtiers d'hôtel. Sans écouter nos cris, l'un d'eux se hisse à côté du cocher, et cinq minutes plus tard, nous faisons une entrée triomphale dans le Caire, et notre automédon nous dépose devant l'hôtel du Nil. Il vaut mieux que je ne dise rien de cet hôtel ; je me bornerai à conseiller aux voyageurs de le contempler de loin.

Pour visiter le Caire, il nous fallait un guide. L'hôtel nous en fournit un. C'était un jeune homme de vingt-cinq ans, petit e rapu. Il était né en Syrie d'un père allemand et d'une mère dal-nate ; il parlait — et j'aime à croire qu'il les parle encore — toutes 'es langues du l'univers... et des lieux circonvcisins. Son érudition était phénoménale, à telles enseignes, qu'il prenait Napoléon III pour le fils de Napoléon Ier, et qu'il nous demanda combien les chré- tiens pouvaient épouser de femmes. Tel qu'il était, nous fûmes forcés de le subir, et je dois convenir qu'il eût pour nous beaucoup de complaisance. Sitôt que nous eûmes achevé de dîner, nous fîmes un peu de toilette, après quoi nous montâmes en voiture.

Nous sommes au Caire !... Cette pensée me fait bondir le cœur, et je me livre en moi-même à une joie puérile. Ici, du moins, ce n'est pas comme à Skendérieh (Alexandrie). Nous sommes en plein Orient, et l'Europe est à mille myriamètres de nous !

..... En croirai-je mes yeux ? Telle est l'exclamation que je laisse échapper malgré moi en arrivant sur la place de l'Esbekieh.

Cette place est entourée de maisons européennes, badigeonnées, a volets gris ou à persiennes vertes !... Cependant, en regardant mieux, je commence à revenir de mes préventions. En effet, cette place a un très-beau coup d'œil. C'est un vaste rectangle dont le centre est occupé par un très-beau jardin, entouré d'une allée double de superbes pommiers, à l'ombre desquels une foule im- mense, bariolée, circule. Cette foule offre le même aspect que celle dont les rues d'Alexandrie sont inondées. Cependant elle possède un caractère plus oriental : les costumes européens y sont en mino- rité. Tout autour de la place, s'élèvent des cafés, des boutiques à la française. A l'angle d'une rue, un admirable palais peint en gris de lin, couleur sur couleur, profile ses galeries découpées à jour. Ce n'est point encore l'Alcazar de Séville ou l'Alhambra de Grenade, mais un spécimen très-réussi de l'architecture arabe domestique.

Devant un hôtel, j'aperçois des ânes et des âniers. L'on a déjà tant de fois décrit les uns et les autres, que je n'ose les décrire à mon tour. Cependant disons-en quelques mots. Les rues du Caire sont, en général, trop étroites et trop encombrées pour permettre aux voitures une circulation facile. Aussi l'âne est-il le moyen de loco- motion le plus communément employé. Ces ânes sont coquets.

Leurs selles de cuir rouge à franges de soies font ressortir leur pelage brun et soyeux. Les âniers, vêtus de blanc ou de bleu, s'asseyent sur des bornes ou se couchent sur les marches d'un hôtel.

Aussitôt qu'un voyageur apparaît, dix mains s'étendent vers lui, l'une le saisit à droite, l'autre l'accroche à gauche, la troisième empoigne la basque de son habit, et le voyageur se trouve enlevé, assis sur un âne qui se met à galopper en dressant les oreilles, excité sans cesse par son conducteur.

Anes et âniers sont une des dix plaies de l'Egypte.

Revenons à notre promenade. La voiture nous conduit au Mousky, large et belle rue du quartier franc, sorte de bazar central autour duquel rayonnent une foule de bazars moins importants. La foule est énorme. Aussi le cocher s'égosille à crier : Gare. Ce cri se diversifie selon qu'il s'adresse à un homme ou à une femme.

— *Ou'âi, ya bent* ! Gare, ma fille !

— *Oû'â, ya cheihh* ! gare, mon vieux !

— *Chemâlak* ! à gauche !

— *Yeminak* ! à droite !

Ces cris se mêlent à ceux des enfants que l'on écrase, des femmes que l'on coudoie et des marchands que l'on rebute. Aussi nous décidons-nous à descendre et à marcher derrière notre véhicule. Du reste, nous y trouvons notre avantage, car nous voyons de plus près et les boutiques et les gens. Quel pêle-mêle ! Voitures, charriots, chameaux et ânes, occupent le milieu de la chaussée Le long des maisons s'entassent les piétons.

Rien ne saurait donner une idée de ce mouvement, de ce bruit, de ce bourdonnement !...C'est une cohue, un tohu-bohu, quelque chose d'indicible et d'indescriptible. Tout d'abord, l'on a le vertige, l'on se figure au bal de l'Opéra ou dans un cercle de l'Enfer de Dante. Cette première impression passée, l'on se sent revivre, et alors on admire.

Et c'est beau !... Ces hautes maisons aux portes ogivales, aux fenêtres masquées par des *michérébiyeh* ouvragés comme des fili-grannes de Gènes ; ces mosquées dont les murailles sont rayées de bandes roses, blanches et rouges ; dont les minarets sculptés entourés de balcons évidés à jour, élancent dans le ciel bleu leur flèche aigüe; ces fontaines — ornées de grilles dorées et d'inscriptions peintes en lettres bleues sur un fond blanc, — ces fontaines qui offrent leur eau pure et limpide aux passants en échange d'une prière pour leur fondateur; ces écoles d'où sort un gentil gazouillement de voix enfantines, que domine la voix grave du pédagogue; ces rues couvertes d'une voûte de feuilles de palmiers étalées sur un treillis de bois peint en vert; toutes ces choses que le pinceau d'un artiste est capable de décrire, forment un ensemble qui charme et qui ravit. Les couleurs les plus vives se mêlent sans se heurter; les étoffes de soie, les broderies d'or et d'argent, des armes précieuses, les vases de métal ciselé chatoient sous le rayon du soleil qui les caresse; tout à côté, sous une voûte obscure, passent des femmes enveloppées de mantes noires et des enfants dont la chemise ressemble au suaire des fantômes.

Ici ruisselle une lumière ardente, là règne une ombre épaisse; plus loin, un adorable demi-jour fait valoir des teintes plus douces et repose la vue, soit des ténèbres, soit des éblouissements du soleil.

C'est l'Orient dans toute sa splendeur, et je m'épuise à le vouloir décrire, et je m'effraie en songeant que j'ai abordé une tâche trop au-dessus de mes forces.

• Au bout du Mousky, l'on trouve le quartier Juif, puis vient le quartier des bazars indigènes. La rue des bourreliers, celle des couteliers viennent ensuite. Chose étrange! comme dans nos villes du moyen âge, chaque métier est parqué dans une rue particulière; seuls, les cafés et les débitants de tabac se retrouvent partout. Dans les rues où se vendent les armes, les étoffes de soie, les tapis, les joyaux, sont entassées des richesses immenses. Chacun sait que les orientaux sont des ornemanistes du premier ordre. Le Coran leur défend la reproduction des figures humaines. Aussi l'art musulman s'est reporté tout entier sur l'ornementation. Les broderies sont des merveilles de richesse et de bon goût. Les zarfs, les tasses à café, les plateaux, les narghilehs, se couvrent d'émaux aux couleurs vives formant sur le cuivre, l'argent ou l'or, des rosaces, des arabesques, des *ramages* d'une grande beauté.

Les ébénistes savent orner d'inscrutations incomparables les menus meubles destinés aux riches. Avec la nacre, l'ivoire et l'ébène, ils dessinent des fleurons, des damiers, des entrelacs, des fleurs, des figures géométriques sur les bois les plus durs, avec des outils d'une excessive simplicité.

Après avoir longuement parcouru les différents bazars où je fis quelques emplètes, il fut décidé que nous irions visiter immédiatement la citadelle et la mosquée du sultan Hassan. Ensuite, avant le dîner, nous irions au bain, puis notre guide nous conduirait dans un café arabe.

La citadelle du Caire est une véritable ville. Trois enceintes de murailles enferment ses palais, ses jardins, ses casernes, ses arsenaux et ses douze mosquées. Elle fut bâtie par Mehémet-Ali, en 1820.

Le monument le plus remarquable du Caire est la grande mosquée de la citadelle, qui s'élève au sommet du Mokkatam.

Sur le seuil, un vieux Turc, dégoûtant à force de malpropreté, nous passa, pardessus nos chaussures, des babouches en drap écarlate, le pied d'un chrétien ne devant point souiller de son contact les dalles du temple. Il paraît que le drap écarlate participe des propriétés isolantes du verre! Il possède un autre avantage, procurant au vieux Turc susdit un honnète bakchich.

Dûment *embabouchés,* nous pénétrâmes dans la cour de la mosquée. Cette cour est une merveille. Entourée, sur trois côtés, d'un admirable portique, dont les arcades reposent sur des colonnes très-belles, quoique un peu basses, le tout en marbre, elle est entièrement dallée d'un beau marbre blanc à veines transparentes. Chaque arcade est surmontée d'une petite coupole, dont l'intérieur, creusé en voûte, est peint de couleurs vives.

Le centre de ce préau, qui ressemble assez aux cloîtres de nos couvents, est occupé par une fontaine octogone. Huit colonnes cannelées, supportant autant d'arcades cintrées, servent de base à un dôme couvert de riches peintures ; un auvent à huit pans, doré et revêtu d'arabesques rouges et bleues, entourent ce dôme ; la fontaine, proprement dite, se compose d'un énorme bloc de marbre sculpté, jeté au milieu d'un bassin peu profond, qui sert aux ablutions des croyants.

La façade de la mosquée est en marbre, mais elle n'est enrichie d'aucune sculpture. Un portique est pratiqué sur les façades latérales. Deux hauts minarets cannelés, ornés chacun de deux balcons, et terminés en pyramides à huit pans, flanquent les deux côtés. Les fenêtres des façades sont carrées, et ressemblent aux ouvertures de nos habitations européennes ; il y en a neuf sur chaque façade.

Véritablement, ce monument ne ressemble en rien aux splendides ruines qui couvrent, en Espagne, les provinces jadis conquises par les Maures. Nous sommes bien loin des merveilles du salon des Ambassadeurs, de l'Alcazar, cette perle de Séville.

Nous entrons. Ah ! notre désappointement fait place à l'admiration : l'intérieur de la mosquée est beau ! Figurez-vous une vaste salle en forme de croix soutenue par d'énormes piliers d'albâtre ondé d'une couleur laiteuse ; la voûte est formée d'une grande coupole, flanquée, un peu plus bas, de quatre demi-coupoles, et aux quatre angles des dômes plus petits. Cette voûte est ornée de peintures très-riches, mais d'un faible mérite, relativement aux ornements de ce genre que nous avons déjà vus ailleurs. Des milliers de lampes suspendues à des cordes de soie décrivent, dans l'espace, des courbes bizarres. Au fond se trouve le sanctuaire, sorte de niche peu profonde, parfaitement vide. A droite, une tribune fort élevée, à laquelle on monte par vingt-cinq marches, sert de trône au vice-roi. Derrière elle, des loges grillées sont destinées à ses femmes. En face, une sorte de chaire pour l'Iman. Sous le vestibule, entouré d'une grille dorée, se trouve le tombeau de Méhémet-Ali.

En sortant de la grande mosquée, à gauche, l'on arrive sur une assez belle terrasse de marbre d'où l'on voit le Caire se déployer dans la plaine. Je vais essayer de décrire ce tableau que je n'oublierai jamais, quoique l'ayant contemplé une seule fois dans ma vie.

A nos pieds, s'étendaient le Caire et ses faubourgs. D'innombrables terrasses blanches, grises ou jaunâtres, surmontées, les unes de coupoles et les autres de pigeonniers ; des minarets de toutes formes, émergeant d'un océan de maisons ; des places entourées de portiques ; des mosquées peintes en rose, des jardins, des allées de gommiers et de sycomores ; tel est, en général l'aspect du Caire. A gauche s'élève l'aqueduc ruiné du sultan Taloun ; à droite, les tombeaux des califes, sortes de tours à trois étages, les unes carrées, les autres octogones, autant que j'en pus juger avec une lorgnette ; au fond, le Nil décrit une courbe gracieuse ; ses eaux miroitent au soleil; à la pointe de chaque vague scintille une paillette d'or. Villas, palais, jardins féeriques, lui font une ceinture verdoyante; l'on dirait une escarboucle enchassée dans une immense émeraude. Là-bas, cette ligne jaune marque la limite du désert et les grandes pyramides de Ghiseh, les quatorze pyramides de Memphis-Saqqarah semblent être les digues opposées aux sables du désert. Un soleil incandescent baigne dans les flots de sa lumière ce paysage que domine un ciel de saphir, dont aucun nuage ne macule la pureté.

Longtemps, nous restâmes sur la terrasse, recueillant nos souvenirs en parcourant d'un œil étonné chaque détail de ce tableau. Mes souvenirs me revenaient en foule. C'est là que régnèrent ces dynasties ininterrompues de Pharaons; c'est là que Dieu accomplit des miracles par le moyen de Moïse, tandis que son peuple gémissait dans les fers. Puis viennent les Ptolémée, Cléopâtre, la domination romaine, l'invasion des barbares, que sais-je encore?... En remontant le Nil, on ne trouverait plus aujourd'hui les deux mille cités qui bordaient son cours et que le temps et l'homme, l'un aidant l'autre, ont fait tomber en poussière. Où sont Heliopolis, Memphis aux cent portes, Arsinoé et ses champs de roses, le lac Mœris et sa pyramide, Hermopolis, Aphroditopolis, la ville de Vénus?... Que sont devenus ces colosses, ces milliers de statues, ces images des dieux infâmes que la superstition édifiait sur tous les coins de cette terre? Où sont les fêtes magnifiques, les pompes solennelles, les hécatombes sanglantes?...

L'homme a tout détruit, il n'y a plus que poussière.

Mais à quoi bon revenir sur le passé, contempler ces ruines et plaindre les nations mortes, alors qu'il se fait autour de nous tant de ruines et que tant de nations succombent?

Notre rêve cessa, puisque tout a une fin, et ce fut en songeant encore, sans échanger un mot, qu'Algee-Mirza et moi nous nous dirigeâmes du côté du *Puits-de-Joseph*.

Chemin faisant, notre guide voulut bien nous apprendre que ce puits est la citerne où les enfants de Jacob avaient jeté leur frère et d'où ils le retirèrent pour le vendre à des Israélites. Je fis observer à notre savant drogman que les enfants de Jacob habitaient la Palestine et que Joseph, ayant été amené en Egypte par des marchands Ismaélites auxquels ses frères l'avaient vendu, le crime avait dû être commis ailleurs. Algee m'apprit alors, en souriant, que le puits avait été creusé par Joseph lui-même en prévision des sept ans de stérilité auxquels l'Egypte était condamnée, et j'eus toutes les peines du monde à lui prouver que Saladin ou plutôt Sallah-Eddin était le véritable constructeur de cet ouvrage remarquable.

Ce puits est situé au centre d'un pâté de maisons ruinées. Sa profondeur est de cent mètres au moins et sa largeur de cinq à six mètres, si ce n'est davantage. Il est de forme carrée. L'on descend jusqu'au niveau de l'eau par une galerie souterraine qui va en spirale et contourne le puits. La pente de ce chemin est si douce qu'un âne chargé d'outres pleines peut la remonter facilement. C'est là une œuvre colossale, telle qu'un grand génie a seul pu la concevoir et l'exécuter.

Du Mokkatam, nous descendîmes sur la place de Roumelich, vaste parallellogramme au centre duquel est située la mosquée du sultan Hassan. Construite en 1356, cette mosquée est d'une architecture beaucoup plus imposante que celle de Méhémet-Ali ; elle possède, en outre, des souvenirs sanglants. Elle ouvre, sur une porte latérale, un portail orné aux angles de pendentifs qui ressemblent aux rayons étagés d'une ruche. Une ogive d'une grande pureté, entourée d'une grecque, se suspend au-dessus de la porte. Le péristyle est assez beau ; il donne accès, par un passage obscur, dans une vaste cour pavée de marbre, au centre de laquelle, une fontaine à demi-ruinée verse une eau pure et limpide. Les murs du sanctuaire sont incrustés de marbre et de nacre ; le Coran tout entier y est peint. L'on nous fait ensuite entrer dans une salle carrée, coiffée d'une coupole soutenue aux angles par d'énormes pendentifs qui vont se disloquant. Sous le dôme, une balustrade enferme le cercueil de pierre où gisent les cendres d'Hassan ; un manuscrit du Coran, entièrement copié de sa main, est déposé sur la pierre tombale. Non loin de là, des taches noires couvrent le pavé. C'est là, nous dit le guide, que furent assassinés cinq califes. Lesquels ? Il n'en sait rien......

On voulait nous faire encore visiter la mosquée des fleurs qui est en même temps l'Université du Caire ; malheureusement le crépuscule arrivait. Nous remontâmes en voiture et l'on nous conduisit aux bains de Boulak. Je m'abstiendrai de décrire ces bains, cent voyageurs l'ayant déjà fait avant moi.

A huit heures du soir, nous étions sur la place de l'Esbekieh, avec notre guide, qui nous fit traverser une quantité de ruelles étroites, obscures, fangeuses; un véritable labyrinthe dans lequel une tigresse n'eût pu retrouver ses petits !... Arrivé devant une porte noire, il frappa et l'on nous ouvrit.

Nous étions encore une fois désappointés. Au lieu d'entrer dans une vaste salle ornée de fresques et d'ornements dorés, éclairée par cent lampes d'or et pavée de mosaïque — cela se pratique ainsi dans les romans de M. Théophile Gautier — nous pénétrons dans une espèce de caveau, très-bas de voûte, ceint de murailles enfumées, dont la terre battue forme le parquet. Au lieu de voir une foule étincellante de soie et de broderies, nous voyons accroupis sur des bancs une cinquantaine d'individus assez malpropres. L'odorat est désagréablement affecté d'odeurs qui n'ont rien de celle de la rose. Une épaisse fumée emplit la salle et se condense en un nuage bleuâtre au-dessus de nos têtes. Cependant, faisant contre mauvaise fortune bon cœur, nous prenons place sur un banc. En attendant que les danses commencent, divers imbéciles, bizarrement accoutrés, jouent une comédie devant nous. Autant que j'en pus juger, cela ressemblait aux parades des saltimbanques de nos foires : seulement, il paraît que les plaisanteries les plus épicées de nos banquistes sont du marivaudage à côté de celles que ces messieurs Arabes se permettent de faire. Ahuri par les hurlements des acteurs, je me bouche les oreilles et je ferme les yeux. Un coup de coude de notre guide m'avertit que les bayadères vont commencer. Je hasarde un regard. Deux personnages vêtus de jupons blancs sur lesquels s'enroule une ceinture jaune; la poitrine couverte d'une petite veste rouge qui laisse un espace nu au-dessus des hanches, commencent à danser. Leurs gestes, leurs poses sont tellement ignobles qu'Algee et moi, sans en voir davantage, partons incontinent. A la porte, le guide nous apprend que les danseuses sont des jeunes gens déguisés, la loi de Mahomet ne permettant pas aux femmes de se montrer en public le visage découvert.

Eh bien ! lorsqu'on me parlera des almées et des bayadères, je saurai quoi répondre !...

La soirée n'étant pas encore très-avancée, nous entrâmes un instant au théâtre-Italien. Une autre déception nous y attendait. L'on y jouait une traduction de la fameuse pièce de M. Mocquard, *le Fils de l'Israélite*, ou quelque chose de semblable. Fallait-il donc venir au Caire pour entendre encore parler de l'affaire Mortara, de Garibaldi et de l'Italie, *une*, qui *farà da se*.

Cela étant, chacun s'en fut coucher.

Le lendemain, au lever du soleil, nous étions sur pied. Notre première visite fut pour la mosquée d'Amrou au Vieux-Caire. Bâti en 641, ce monument est le plus ancien des temples bâti en Égypte par les Mahométans. La cour est environnée d'une galerie. Au fond, une partie couverte est supportée par trois cent soixante dix colonnes, posées sur sept rangs. Elles ont été enlevées à des monuments grecs et romains. Plusieurs ont des chapiteaux admirablement sculpté.

En face du Vieux-Caire se trouve l'île de Rhodah, à la pointe de laquelle, dit la tradition, Moïse fut sauvé des eaux par la fille de Pharaon.

De Rhodah, nous allâmes à Choubrah, en traversant tout le Caire. Après avoir franchi une porte en ogive, l'on s'engage dans une magnifique avenue de sycomores longue d'une lieue et qui longe le Nil. En face de l'enceinte du palais, un large canal coupe l'avenue, il faut descendre de voiture et traverser sur un bac ce canal. Les jardins de Choubrah sont magnifiques. Des fleurs de l'Inde et des arbres d'Europe y viennent côte à côte. C'est une variété de couleurs et de parfums qui fait rêver aux jardins babyloniens de Sémiramis. Le palais entoure d'une belle galerie, ceinte elle-même d'un cordon d'appartements, un vaste bassin de marbre. Il est d'une richesse tout orientale. Des eunuques noirs, vêtus de rouge, des esclaves abyssiniens ou nubiens vont et viennent sous les galeries. Le coup-d'œil est très-pittoresque. Choubrah est la tour de Nesle du Caire. La grande princesse Naslé, tante d'Abbas-Pacha, y a laissé des souvenirs inépuisables. Cette femme, aux passions toujours inassouvies, était digne de devenir l'assassin d'un monstre auprès duquel Néron était un modèle de vertu. En effet, demandez aux vieux eunuques dont les yeux s'injectent de sang quand on leur parle de Naslé, qu'ils vous dévoilent les mystères du règne d'Abbas !... L'on frémit à la seule pensée des crimes qui ont ensanglanté ces riants jardins et ce palais magnifique. Ces fleurs ont été arrosées avec du sang. Benia et Choubrah, voilà les pendants de la Maison d'Or du Palatin et de la villa de Baïes. Ah ! qui dévoilera à l'Europe indignée ces mystères épouvantables auprès desquels les orgies de Sardanapale étaient des jeux d'enfants. Notre langue n'a pas de mot pour exprimer ces horribles choses et je suis heureux de n'être point obligé de les dire ici.

De Choubrah, nous retournâmes à Boulak où nous devions visiter le musée d'antiquités égyptiennes formé par Mariette-Bey, directeur du service de conservation des antiquités de l'Egypte. Le musée est ouvert depuis 1864. Il renferme 120 stèles et inscriptions, 128 vases canopes, 16 sarcophages de pierre, 67 momies ou cercueils de momies, et 130 statues. L'on connaît la provenance de toutes ces pièces : il est organisé pour servir pratiquement l'égyptologie. La cour du musée est très-belle; au centre s'élève le moulage en plâtre de la statue du roi Chephren. Sur les huit massifs qui forment les quatre portes, se dressent huit sphinx copiés sur ceux de l'allée du Serapeum de Memphis. Six groupes ou statues, six sarcophages et deux cercueils en pierre sont disséminés autour de la cour, dont un des côtés s'ouvre sur le Nil. Dans le petit vestibule sont placés des monuments grecs et romains, entr'autres un buste d'empereur, probablement Maximien-Hercule, en porphyre, et une tête colossale de travail grec, en marbre blanc. Le grand vestibule et cinq salles renferment les monuments de l'art égyptien. Ces différentes pièces sont revêtues de jolies peintures. Des portières de moire grise et de velours amaranthe drapent les portes. Rien n'a été négligé pour faire de ce musée un lieu d'étude charmant. L'on pourrait y trouver un peu trop de « mise en scène », mais pour mettre la science à la portée des indigènes, il faut avant tout flatter le regard. Il faudrait, pour décrire convenablement cette remarquable collection, recopier en entier la savante *Notice* de

M. Mariette-Bey. Disons quelques mots de la salle des bijoux. Cette salle renferme la momie de la reine Aah-Hotep, qui, faisant partie de la XVIIIe dynastie, vivait à peu près dix-huit cents ans avant Jésus-Christ. Dans le cercueil de cette reine on a trouvé une énorme quantité de joyaux exposés dans une vitrine placée au milieu de la salle. Des bracelets d'or, de perles, d'émail; un admirable diadème; une chaîne d'or massif d'un mètre de longueur; une hache et un poignard d'or; un poignard de bronze et d'argent; un collier d'or repoussé: des anneaux; un *flabellum;* un miroir; voilà ce que renferme cette vitrine. Une statue d'albâtre, d'un travail admirable, pare le fond du salon. Elle représente la reine Aménéritis et provient de Karnak.

Nous passâmes trois heures dans ce musée, nous extasiant devant ces monuments d'une civilisation éteinte depuis dix-huit siècles. Le musée de Turin, le plus beau, sans contredit, qui existe en Europe, ne saurait vous donner une idée exacte de la collection de Boulak. Il y a là près de mille pièces, choisies et triées parmi cinq mille autres; toutes sont dans un état parfait de conservation. Grâce à M. Mariette-Bey, l'egyptologie a fait un grand pas. Les travaux des Champollion sont dépassés et la civilisation des trente-deux dynasties de Pharaon n'a, pour ainsi dire, plus rien à nous céler.

Espérons que cette marche ascendante ne s'arrêtera point et que les infatigables travailleurs qui sacrifient leur existence à nous révéler les arcanes de l'histoire, achèveront la tâche qu'ils se sont imposée. Sans doute, il reste à faire beaucoup, mais il a été fait déjà beaucoup. Lorsque nous connaîtrons à font l'histoire et la théogonie de l'Egypte, de l'Inde, du Mexique, les origines de l'histoire du monde seront débarrassées de cette obscurité qui les enveloppe. Le christianisme apparaîtra alors dans toute sa gloire, et la Bible, que des impuissants veulent taxer de mensonge, sera confirmée par les monuments des civilisations disparues que nous aurons ressuscitées un instant pour leur arracher leur secret.

Il était près de minuit lorsque Algee et moi, accompagnés de notre guide, prîmes la route des pyramides de Ghiseh. Nous voulions voir de près les montagnes élevées par la main des hommes. Nous voulions, du haut de ces pyramides et des quarante siècles célébrés par Bonaparte, voir se lever l'astre du jour. Nous emporlions avec nous les éléments d'un succulent déjeuner, imitant, en cela, les fabricants de canifs de Birmingham, qui promènent à l'étranger leur égoïsme et leur spleen, pour faire des économies. En trois heures nous eûmes franchi les cinq lieues qui séparent le Caire de Ghizeh.

———

L'impression que l'on éprouve en arrivant au pied de ces colossales manifestations de la puissance et de la volonté de l'homme est celle de la stupeur ! Combien de vies humaines a coûté la construction de ces gigantesques édifices ! La grande pyramide a sept cent vingt pieds de largeur à la base et quatre cent vingt-huit de hauteur ; la masse est évaluée à soixante-quinze millions de pieds cubes ; il a fallu pour la construire trois cent soixante mille hommes et vingt ans de travail. Ces chiffres sont plus éloquents que la plus belle description, et, de toutes les pensées philosophiques inspirées par les pyramides, la plus belle est celle de Bossuet : « Quelqu'effort que fassent les hommes, leur néant paraît partout : » ces pyramides sont des tombeaux. » L'on monte à la grande pyramide par l'angle nord-est ; les assises sont étroites ; deux Arabes vous prennent par les bras, un troisième vous soutient par derrière et, de cette façon, l'ascension ne présente aucun danger. Il nous fallut pourtant vingt minutes pour atteindre le sommet. La plate-forme a quarante mètres de tour. La vue embrasse un espace immense. Au loin, c'est le désert avec ses steppes de sable jaune ; à l'horizon les pyramides de Saqqarah ; au loin le Caire et le Mokkatam, des jardins et des prairies ; à nos pieds la cîme des pyramides de Chrephren, de Mycerinus et de la quatrième dont j'ignore le nom ; plus bas encore, c'est la tête du sphinx qui s'élève à trente pieds au-dessus du sol et qui nous apparaît grosse comme un bouton jeté sur une pièce de satin jaune.

Nous déjeunâmes après avoir comtemplé le paysage et vu se lever le soleil. Puis, sans visiter les chambres du roi et de la reine que contient l'intérieur de la pyramide, nous commençâmes notre descente, non sans éprouver plusieurs fois les angoisses du vertige.

Trois heures plus tard, après un dernier adieu jeté au Caire, nous montions en chemin de fer et, vers cinq heures de l'après-midi, nous arrivions à Suez.

SUEZ

SUEZ

Suez, l'ancienne Arsinoé, l'ancienne Cléopatris que les Arabes nomment *Soueiz*, est situé au bord de la mer Rouge, ainsi nommée parce qu'elle est tantôt d'un bleu saphir, tantôt d'un vert émeraude.

C'est une ville presque neuve, car le percement du canal y a attiré une foule d'employés et de commerçants. Elle possède une église catholique desservie par les RR. PP. franciscains de Terre-Sainte.

Suez ne renferme aucune curiosité, aucun monument.

On y retrouve, comme partout en Egypte, les âniers, les gargoulettes et le bakchich. Nous allons loger à l'hôtel de Suez, véritable caravansérail anglais où l'on parle toutes les langues, excepté le français. On vous y sert un repas anglais, dans une vaisselle anglaise, et l'on vous fait payer cela un prix anglais. Pour la première fois, je goûte du *cari*, sur lequel j'aurai plus tard l'occasion de revenir.

Le lendemain, à dix heures du matin, nous étions à bord du « Mariotis. »

Avant de quitter l'Egypte, je ferai peut-être bien de donner quelques détails sur les productions qui lui sont particulières et sur l'œuvre immense entreprise et menée à bonne fin par le génie de Ferdinand de Lesseps.

Les animaux que renferme l'Egypte sont peu connus ailleurs. Le Nil possède plusieurs sortes de poissons qu'on ne rencontre nulle part ailleurs. Citons : le *bichir*, qui tient à la fois du serpent, du cétacé et du quadrupède, ayant la forme allongée du premier, les « évents » du second, et les membres du troisième; le fakala, sorte de hérisson aquatique; le *silure tremblant*, que les Arabes nomment râad. Le Nil a, en outre, des tortues d'eau douce; l'on m'a dit que certains *tryonyx* (ainsi se nomment ces tortues), ont jusqu'à trois pieds de longueur. Sur les bords du fleuve vit le *tupimambis*, lézard de quatre à cinq pieds de long, dont la queue, comprimée latéralement, est surmontée d'une crête longitudinale. Les Arabes le nomment le *sauveur*, prétendent qu'il avertit l'homme de la présence du crocodile. Les reptiles sont fort nombreux en Egypte. On y trouve la couleuvre à capuchon, la *scythale* des pyramides; la vipère *ceraste*, ou cornue; la vipère *hajé*, longue de cinq pieds, que les bateleurs savent *charmer*, et dont la morsure est mortelle. Je ne dirai rien de l'ichneumon, du crocodile, de l'ibis, de la hiène et du chacal dont on trouve des descriptions dans tous les ouvrages d'histoire naturelle.

De tous les végétaux de l'Egypte, le plus curieux, sans contredit, est le *byblos* ou papyrus. Il est très-rare aujourd'hui, mais j'en ai pu voir une plante. Il croît dans les marais. Sa tige s'élève à trois mètres et porte à son sommet un joli panache. Voici les détails que l'on m'a donnés sur la fabrication du papyrus. Après avoir coupé les deux bouts de la plante, on la fendait dans sa longueur, l'on séparait ensuite les tuniques ou enveloppes formant la tige, enveloppes dont la largeur est d'environ dix centimètres. Chacune de ces tuniques formait une feuille. On en collait deux ensemble, afin de leur donner une certaine épaisseur, puis, après les avoir battues, pressées et polies, on les enduisait d'huile de cèdre afin de les préserver de la corruption. L'on a conservé des chartes pontificales et des ordonnances des rois de France écrites sur des papyrus, et telle est la solidité de ces papiers que certains contrats ayant une distance de plus de trois mille ans ont été conservés dans toute leur intégrité.

C'est près de Suez que débouche le fameux canal maritime que le génie d'un homme a creusé dans l'isthme qui sépare le continent africain du continent asiatique.

Cette entreprise colossale avait été déjà commencée, il y a bien des siècles. La différence de niveau existant entre la Méditerranée et la mer Rouge — celle-ci est à dix mètres au dessus de celle-là — empêcha la continuation du canal commencé par Néchos, fils de Psammeticus. Selon Pline, les Ptolémées l'achevèrent ; il fut ensablé, et le calife Omar le fit rouvrir. Un siècle plus tard, un calife abasside, Abou-Djeffer-el-Mansour, en fit clore l'embouchure. Pendant la campagne d'Egypte, Bonaparte eut l'intention de recommencer cette œuvre immense, mais les événements l'en détournèrent, et ce ne fut que soixante-dix ans plus tard que le projet du premier empereur fut mis à exécution.

Le canal maritime commence à Port-Saïd qui, en dix ans, s'est creusé un port, a établi des ateliers et acquis dix mille habitants.

De Port-Saïd, le canal se dirige sur le lac Mensaleh, lequel a cinquante lieues de tour ; il traverse ensuite les lacs Ballah, les dunes de Ferdane et le plateau d'El-Ghirs. De là, il se verse dans le bassin de Timsah, qui sera le port intérieur pour la grande navigation. Du lac Timsah, le canal coupe le plateau du Serapeum, traverse les lacs amers et arrive à Suez. Afin d'avoir de l'eau douce en quantité suffisante, l'on a creusé un canal d'eau douce du Ouady à Suez. Ce canal d'eau douce a cent quarante kilomètres de longueur, dix neuf mètres de largeur et de deux mètres et demi de profondeur. L'on a dû extraire cinq millions de mètres cubes de terre pour le creuser et il a fallu deux années seulement pour l'achever. Le canal maritime est ouvert le 17 novembre prochain. (1) Je n'en dirai pas davantage au sujet de cet énorme ouvrage ; mon but a été, en parlant brièvement, de rendre un hommage à son auteur. S'il me fallait décrire l'ensemble des travaux, établir des statistiques, je n'en finirais pas. Du reste, j'ignore les termes qu'il serait nécessaire d'employer, et la sainte horreur que j'ai toujours professée à

(1) Il l'a été le 17 novembre 1869.

l'endroit des mathématiques m'empêche de me livrer à une étude approfondie sur ce sujet.

Veuille le lecteur me pardonner.

A dix lieues de Suez se trouve la fontaine de Moïse et en face de l'autre côté de la mer, Bédéa. C'est là que les Hébreux traversèrent la mer Rouge sous la conduite de Moïse, d'après le P. Sicard. Selon Champollion-Figeac, Moïse partit de Memphis pour se rendre dans le désert de Sinaï. Il suivit pendant trois jours entiers le rivage de la mer Rouge, Ils campèrent, le premier jour, à Socoth ; le second à Byr-Souez, entre la mer et le mont Attaka ; le troisième, devant la ville d'Hahiroth, aujourd'hui Hadjeroth. C'est de là qu'ils passèrent dans le désert du mont Sinaï, situé dans l'Arabie Pétrée, et fermé, au sud par la chaîne du Sinaï, derrière laquelle le golfe Akabah s'avance dans les terres. « Ainsi, ajoute le savant égypto-
» logue, l'histoire des rois d'Egypte est intimement mêlée aux nar-
» rations de la Bible, et nous aurons encore plusieurs fois l'occa-
» sion de faire voir qu'elles se prêtent un concours mutuel et con-
» courent par leurs témoignages à la manifestation de la vérité de
» l'histoire générale. »

C'est aussi entre Suez et Kosséir que s'étendent les déserts fameux de la Thébaïde. Je pus voir au loin ces sables où les saints ermites ont passé leur vie, et ce mont Sinaï au sommet duquel Dieu se révéla à Moïse. Nous aperçûmes aussi les îles Belle, Jubal et Chédaouan.

Nous voici donc en pleine mer Rouge. A droite, nous avons l'Egypte, qui se termine au Golfe Immonde ; vient ensuite la Nubie avec ses déserts et ses peuplades barbares ; plus bas, c'est l'Abyssinie dont le dernier roi, le fameux Negus Theodore est mort assassiné et non point suicidé, comme on l'a dit. Plus bas encore, c'est le pays des Gallas et l'Afrique inconnue.

A gauche, c'est l'Arabie et ses cités saintes la Mecque et Médine.

La France possède, sur la mer Rouge, une île et deux baies ; l'île de Massouah et le port de Zoullah, sur la côte d'Abyssinie ; la baie de Hobok, près du détroit de Bab-el-Mandeb. La baie de Hobok a été vendue à la France par Dini, sultan de Reita, moyennant cinquante mille francs. Les Anglais, après s'être emparé de Périm, qui appartenait à Dini, lui offrirent six mille livres sterling, s'il voulait résilier son traité avec la France. Dini refusa et ne voulut même pas leur vendre une autre petite baie qu'il possède encore. Massouah n'est pas éloigné de Souakim, d'où l'on se rend au Soudan et dans le centre de la France. Or, il faut savoir qu'au dessous de Khartoum, entre les 10e et 2º de latitude Nord, 3º et 22e longitude sont situés d'importants établissements français. Les frères Poncet(1), de Saint-Jean de Maurienne, en Savoie, ont découvert un vaste bassin dans le pays des Nyam-Nyam. Ils y ont fondé six établissements dans les pays gouvernés par les chefs Cagouma, Banda et Batia. L'établissement le plus rapproché de Khartoum est celui de Mirakok près du lac marécageux Maïazeik que traverse la rivière Ribi ou Djour Bahar Kakouda, laquelle prend sa source dans le Luta-N'zigé ou lac Albert Nyanza, vers le 2º degré de latitude nord. L'établissement des frères Poncet, le plus éloigné de Khartoum, est en même temps le plus avancé que les Européens aient fondé au centre de l'Afrique. Il est situé sous le 4e degré de latitude nord, entre le 22 et 24e de longitude E sur le fleuve Victor Baboura Bahar Mon-Boutou, qui va de l'Albert Nyanza au lac Métouasset, au pied des monts Adélaïde. C'est là qu'a péri si misérablement, l'an dernier, le fameux voyageur, M. Le Saint.

La France a donc un immense intérêt à former un comptoir et un port maritime sur la mer Rouge. Ce port faciliterait les opérations commerciales avec le centre africain. Il permettrait aux intrépides explorateurs de ce pays inconnu de continuer leurs travaux. Il assurerait un refuge à nos nationaux et ferait perdre aux Anglais un peu de l'influence qu'ils exercent, à nos dépens, en Asie et en Afrique. Enfin, un port français établi dans la mer Rouge, sur la côte d'Afrique, nous dispenserait d'être sous la dépendance absolue d'Aden.

(1) L'auteur de ce petit livre, beau-frère de MM. Poncet, a publié sur eux une étude biographique très-complète dans la *Revue de France*, numéro d'août 1872.

ADEN

ADEN

Sept jours après notre départ de Suez, nous arrivions à Aden, l'ancienne Océlis, ville située à l'extrême pointe sud-ouest de Suez, à l'entrée du détroit de Babel-Mandeb, à peu de distance de Moka à 35 lieues de la côte ouest d'Afrique par 12° 50 lat. n. 43° 10 long. A peine étions-nous arrivés en rade qu'une nuée de « sauvages » se hissa à bord du bâtiment. L'un des passagers du « Mariotis » devait attendre à Aden le passage de la malle des Indes : je l'accompagnai à terre pour visiter avec lui la ville d'Aden proprement dite, car l'endroit où l'on débarque se nomme Steamer-Point. Ce nom anglais ne devra étonner personne. Nos voisins d'outre-Manche, n'ayant pu s'emparer de l'Egypte, ni monopoliser à leur profit l'entreprise du Canal de Suez, ont voulu s'assurer des points stratégiques à l'entrée de la mer Rouge. C'est pourquoi il ont fortifié Aden et l'Ile de Périm, sous les feux de laquelle doivent nécessairement passer tous les vaisseaux qui vont dans l'océan Indien ou qui en

viennent. De telle façon que, le canal de Suez achevé, l'Europe restera véritablement tributaire de l'Angleterre, car il faudra nécessairement relâcher à Aden, soit pour faire du charbon, soit pour prendre des provisions. En cas de guerre, Aden et Périm croisent
leurs feux, et les vaisseaux ennemis sont pris entre deux batteries
anglaises.

Steamer-Point est le port d'Aden. Le climat de cette presqu'île
est, dit-on, meilleur que celui de la ville, et c'est là qu'habite l'aris-
tocratie du lieu formée du Résident Politique, du Général, d'un
certain nombre d'officiers et des consuls français et américain. Leurs
habitations s'élèvent sur des rochers énormes d'un rouge sombre
avec lequel contraste agréablement la blancheur des murailles. Ce
serait presque beau, s'il y avait là un peu de verdure. Malheureusement, sur la surface de dix ou douze lieues carrées que j'ai par-
courues, je n'ai pas rencontré le plus mince brin d'herbe, la moindre
brindille de mousse. Au-dessous des consulats, sur la plage, une
place de forme elliptique et bordée de maisons blanches, construites
à l'indienne, précédées de vérandahs sous lesquelles s'ouvrent des
magasins appartenant à des Parsis. A peu près au centre du demi-
cercle se trouve le *Prince of Wates hotel*, dont le propriétaire est
un Hindou nommé Sorabjee Cowasjee. Cet homme, vêtu de calicot
blanc et coiffé d'une calotte de soie brochée d'or, nous reçut avec
tout le respect que lui inspiraient les riches vêtements de son compatriote Algee. Il nous fit, en conséquence, payer trois schelings
une bouteille de bière fermentée, plus aigre que l'acide acétique
concentré.

Tandis que nous étions assis dans une salle ouverte à tous les
vents, un petit Malabar agitait un punka au dessus de nos têtes.

Le punka est une pièce d'étoffe montée sur un chassis rectangulaire, suspendu au plafond, et que l'on fait mouvoir par de petites
poulies en cuivre : c'est tout simplement un grand éventail. Une
rangée imposante de Somaülis, d'Arabes et de Juifs nous eut promptement entourés.

Les *soumantis* ou *sommalis* ou *somaëlis*, occupent l'extrème pointe
nord-est de l'Afrique, entre Berbera, ville située sur la mer Rouge
et Gàrad, ville située sur l'océan Indien. On les dit antropophages.
Leurs voisins immédiats sont les *Gallas*, le *Aronsas*, les *Douaros*, les
Ouardaï et les *Ogadis*. Ceux que j'ai vus à Aden étaient encore de

véritables sauvages. En général, ils connaissaient un mot anglais, un
mot français et un mot arabe. — Schiling, argent, bakchich ;
ce sont les seules paroles que je leur aie entendu prononcer. Ils
sont de taille élevée, mais d'apparence chétive. Leurs membres
grêles, leur face émaciée, leurs épaules ramenées en avant les font
paraître plus longs encore qu'ils ne sont. Le type des Somaülis n'est
point laid, au contraire. Leurs traits sont durs, mais réguliers ;
beaucoup ont de très-beaux yeux. Ils sont d'une couleur foncé qui
se rapproche de celle du café brûlé ; quelques-uns se rasent la tête,
d'autres, plus coquets, gardent les cheveux longs et les teignent en
rouge. Leur costume se compose d'une pièce d'étoffe roulée autour
des hanches et d'une écharpe qu'ils drapent sur leurs épaules. En
fait d'armes, ils se servent de piques et portent, suspendu au bras
droit un petit bouclier de bois. Leur adresse, leur légèreté sont
extraordinaires ; je n'ai jamais vu de coureurs plus infatigables, de
nageurs plus agiles. Jetez un schelling dans la mer ; il plongent et
dix secondes se sont à peine écoulées qu'ils remontent à la surface,
la pièce entre les dents. Comme tous les gens voués à l'esclavage,
les Somaülis sont d'un servilisme dont rien n'approche. On les inju-
rie, on les frappe même impunément. Je n'oublierai jamais que,
fatigué par les obsessions d'un jeune garçon somaüli, je pris sur
la table un couteau et fit mine de l'en frapper. Aussitôt, les yeux
baissés, les mains pendantes, il fit un pas en avant et me tendit sa
poitrine avec un geste plein d'une mélancolique dignité. Il paraît
que leur misère est grande : les Anglais ne prodiguent point les
aumônes, et cette terre infertile d'Aden ne peut nourrir ceux qu'elle
porte qu'à la condition d'un travail pénible. Or les Somaülis, très-
intelligents, sont aussi paresseux à l'excès.

Les Arabes d'Aden sont les mêmes que ceux de l'Egypte et de
l'Afrique. septentrionale. Neanmoins leur type est beaucoup plus
pur. Ils sont moins que les autres accessibles à la civilisation. Leur
férocité, leurs mœurs dépravées en font bien les héritiers de ces
anciens conquérants du monde dont la puissance est aujourd'hui
anéantie.

Les Juifs d'Aden ont conservé le type et le costume des personnages de la Bible. Avec leur robe de laine blanche, ornée, au bas,
de raies de couleur ; avec leur bonnet d'osier, leur voile blanc
jeté sur leur cheveux frisés en tire-bouchons, ils m'ont rappelé les

pasteurs qui formaient le peuple de Dieu. Ils sont là sur une terre
qui devrait leur rappeler bien des souvenirs, si leur intélligence
n'était obstruée par une ignorance honteuse. Tout près d'Aden, en
effet, s'élevaient autrefois Saba, Abimaël, Ophir, d'où Salomon tira
l'or qu'il lui fallut pour orner le temple de Moriah. Ils ont
voulu que le sang du Juste retombât sur leurs têtes, ces juifs
et leur race, persécutée pendant dix-huit siècles, s'abâtardit
et s'éteint peu à peu. A Aden, les Juifs se livrent, comme
partout, à l'usure et au commerce. Les plus pauvres vendent des
plumes et des cornes d'antilope.

Outre ces trois races, il y en a vingt-deux autres qui habitent
Aden et l'on m'a dit que l'on parlait, dans cette ville, vingt-cinq
idiômes différents. L'Europe n'y est représentée que par ses consuls
et par l'infanterie et l'artillerie anglaise dont une grande partie est
composée de cipayes.

Il n'est pas inutile de raconter ici comment les Anglais conqui-
rent Aden et, du reste, ce sera dit en deux mots. Ils avaient besoin
d'un port de refuge où ils pussent faire un entrepôt de charbon.
Dans ce but, ils s'étaient emparés de Socotora, mais en 1839, ayant
reconnu que cette île était malsaine, ils prièrent humblement le
sultan d'Aden de leur permettre de faire un dépôt de charbon sur
la place. Le prince y consentit. Peu de temps après arrivèrent plusieurs frégates : le sultan fut invité à partir aussitôt. S'il refusait,
on bombardait sa ville ; s'il acceptait, on lui accordait une pension
de mille livres sterling, l'Angleterre n'étant pas généreuse à demi.
Le sultan, intimidé partit. Il a conservé un palais à Aden et revient
de temps à autre visiter sa capitale. Sa résidence actuelle est à
Lahadj.

Les Anglais ont dépensé des millions pour fortifier Aden.

Leur politique est égoïste, là comme partout. « A Berberah, dit
» le célèbre voyageur, M. d'Abbadie, dans sa *Géodésie d'Etinopée,*
» le chef somali qui me protégeait ne mit qu'une condition à mon
» voyage (d'exploration dans l'intérieur) : c'est que les autorités
» d'Aden démentiraient l'opinion, alors très-accréditée sur cette
» côte, que les Anglais seraient bien aises de m'y voir massacrer.
» J'expédiai aussitôt à Aden un messager somali, avec une lettre
» au gouverneur, pour le prier de démentir, *de vive voix seulement,*
» une assertion à laquelle je ne pouvais croire encore ; mais le

» gouverneur me répondit par un refus écrit. » Et voilà comment ces babits rouges entendent les relations pacifiques entre leur pays et le nôtre !

Delenda est Carthago !

Je ne suis point anglomane, mais anglophobe !

Une heure après notre débarquement, nous partions de Steamer-Point pour Aden, situé à quelques kilomètres de là. Afin de rendre notre promenade plus pittoresque, nous dédaignâmes le fiacre, le cheval, voire l'âne, moyens vulgaires de locomotion : nous choisîmes pour montures deux beaux chameaux. La route de Steamer-Point à Aden est fort accidentée; d'un côté c'est la mer qu'une mince ligne grise, à l'horizon, sépare du ciel. La ligne grise, c'est la côte arabique. De l'autre côté, se dresse un formidable rempart de roches rougeâtres aux arêtes finement découpées et dont la couleur ardente produit un beau contraste avec le bleu limpide du ciel. Nous montons une rampe abrupte; nous passons un pont-levis et, au bas d'une descente, au tournant d'un étroit couloir de rochers, Aden apparaît à nos yeux.

Aden fut, dit la tradition, bâti par Dadan, fils de Regma, fils de Chus, fils de Cham. Il appartient aux Romains, qui creusèrent ses immenses citernes, construisirent un grand aqueduc et l'escalier de pierre qui monte au sommet d'une haute colline nommée Ciam. Aden possède un commerce fort étendu avec l'Afrique, la Perse, l'Inde, la Chine et le Japon. Ce commerce est fait par des Parsis, des Banians et des Israélites. Sa position n'est pourtant pas des plus belles, et son aspect est loin d'être agréable. La ville est placée au centre d'une plaine plus longue que large, creusée artificiellement et entourée de masses abruptes de rochers volcaniques. Elle ne renferme aucune construction importante, si ce n'est l'église catholique, une mignonne mosquée, et le palais presque ruiné du sultan. Ses rues sont néanmoins larges, propres et bordées de jolies maisons blanches, construites à la mode indienne. Les places sont très-grandes, et le marché ne déparerait pas une ville de plus grande importance. Il y faudrait des jardins et des champs pour en faire un séjour charmant. Hélas ! on n'y trouve moins d'arbres et de fleurs que dans le plus misérable village du nord de l'Europe.

Nous descendîmes devant la maison de la mission catholiqu
dont le supérieur, le R. P. Alfonso de Macerata, préfet apostoli
que d'Aden, nous fit le meilleur accueil. Je vous prie, ô bienveil
lant lecteur, de me permettre quelques mots sur la mission d'Aden
Cette mission fut fondée en 1841, et le premier missionnaire qu
fut envoyé à Aden se nommait Bonaventure Tognet et appartenai
à la Congrégation des Serviteurs de Marie. Il était privé des choses
les plus nécessaires à la vie, et souffrit cruellement sous ce torride
climat. Le P. Marco Gradenico lui succéda six ans plus tard, et,
en 1849, la mission fut confiée aux capucins. Dès lors se succédé-
rent, dans une tache si rude, les Pères dom Louis Sturla, Giove-
nale di Tortosa, et enfin le R. P. Alfonso qui habite Aden depuis
cinq ans.

Le père Alfonso est un grand et bel homme de soixante ans, au
visage accentué, à l'œil noir ; sa barbe blanche et son port plein
de dignité inspirent le respect. Il parle parfaitement l'italien, l'anglais, le français, l'arabe et l'hindoustan. Pour l'aider dans les
travaux de la mission, il a auprès de lui un Père de son ordre,
dom Alessandro et un frère convers. En vingt-sept ans, les missionnaires ont bâti une église, une maison d'habitation, un pensionnat dirigé par les Sœurs du Saint-Sacrement et plusieurs maisons d'école. Ils élèvent gratuitement un certain nombre d'orphelins. Pour ce faire, leurs ressources se bornent aux minimes
appointements que le gouvernement anglais paye au P. Alfonso
comme aumônier des Irlandais catholiques et aux dons que leur
envoient les chrétiens d'Europe.

Dès qu'il eut appris que j'étais Français, le P. Alfonso me témoigna une grande bienveillance, et me força d'accepter jusqu'au lendemain l'hospitalité de la mission. Il me promit de m'accompagner
jusqu'à bord et voulut me faire visiter lui-même son cher pays
d'adoption. Dom Alessandro et un jeune Hindou chrétien, né à
Madras, se joignirent à nous. Ce jeune Hindou, nommé Francis, est
un orphelin que les Pères ont recueilli et qu'ils élèvent avec un
soin tout particulier. Bien qu'il n'ait que treize ans, il est aussi
développé physiquement que les jeunes gens de dix-huit ans en
Europe. Son intelligence est grande : il possède à fond l'arabe,
l'hindoustan, l'anglais, l'italien, le grec, et parle chacune de ces
langues de façon à faire croire que chacune d'elle est sa langue

maternelle. Ayant habité longtemps l'Italie, je me flatte de connaître assez bien l'italien; or, je l'avoue, Francis me surprit par l'élégance de son langage et la pureté de son accent. C'est vraiment, selon le proverbe, *lingua toscana in bocca romama.*

Notre exploration fut, naturellement, commencée par les bâtiments et l'église de la mission. La maison est construite à l'indienne; son rez-de-chaussée et son unique étage sont entourés de vérandahs fermées par des treillis de roseaux. Elle est meublée avec la plus absolue simplicité, et ce qu'elle renferme de plus précieux est une bibliothèque moins belle encore que celle du plus pauvre curé de campagne. Un étroit jardin l'entoure, et ce jardin n'a pour tout ornement qu'un acacia rabougri; c'est la seule végétation qu'on y voie. En revanche, l'église ne manque pas d'un certain mérite. Huit belles colonnes de pierres la divisent en trois nefs; elle possède un fort bel autel de marbre blanc. L'orgue y est remplacé par un modeste harmonium. N'est-il pas admirable de voir l'autel du vrai Dieu se dresser dans une ville où sont rassemblés des mosquées, des pagodes hindoues; le temple du Vent qu'adorent les Parsis et celui de la Vache sacrée des Banians !

En sortant de la maison, nous visitâmes le pensionnat des Sœurs et la maison d'Ecole que le P. Alfonso a fait élever de l'autre côté de la route. Cette école pourrait servir de modèle à plus d'un de nos établissements d'éducation. Chemin faisant, le P. Alfonso disait :

— Ne serait-il pas utile de construire, soit en Corse, soit dans le midi de la France, soit en Algérie, une école orientale où l'on appellerait des enfants appartenant à toutes les contrées de l'Asie et de l'Afrique. L'on créerait une langue écrite pour les nations qui n'en ont pas; au moyen de l'enseignement mutuel, les élèves s'apprendraient leurs propres langues les uns aux autres, et tous étudieraient les quatre langues de l'Europe. Arrivés à l'âge mûr, ces enfants deviendraient des missionnaires. Je n'entends pas dire qu'ils se voueraient au sacerdoce, car il faut pour cela la vocation, mais ils retourneraient dans leur pays, formés aux usages de l'Europe; ils dissiperaient, par l'exemple, les détestables préjugés de leurs compatriotes, et, peu à peu, la civilisation chrétienne, la plus vraie, la plus sûre de toutes, étendrait ses conquêtes au-delà du Japon ! (1)

Puis, avec une verve intarisssable, qui naissait d'une conviction profonde, le Préfet apostolique dévoila sa pensée toute entière et les moyens qu'il s'agirait d'employer pour en faire une idée pratique.

Tout en marchant nous causions — un peu au hasard — et ce fut de cette manière que je reçus d'excellents renseignements sur Aden.

— Aden, me disait dom Alessandro, est un sol volcanique qui ne peut rien produire. Elle reçoit tout du dehors. Privée d'arbres, elle est tout naturellement privée de pluie, et l'on prétend qu'il n'y pleut que tous les sept ans. La tradition rapporte que le tombeau de Caïn se trouve à Aden, et que cette terre est maudite pour avoir enseveli dans son sein la dépouille du premier fratricide.

Nous étions arrivés devant une mosquée, mais le prêtre qui la gardait refusa de nous y laisser pénétrer. Ce derviche voulut bien causer un peu avec nous. Je fus plus étonné encore des connaissances variées qu'il déployait que de la déférence avec laquelle il accueillit nos missionnaires. Plus loin, nous rencontrâmes un rabbin juif, assez poli, qui nous fit visiter la synagogue : je n'y vis rien de particulier, et j'épargnerai à mon lecteur une description inutile.

Nous allâmes de là visiter les citernes situées au fond d'une gorge pittoresque. Autant que je puis me le rappeler, il y en a quatorze. Elles sont creusées dans le roc vif et revêtues d'une couche de ciment. Les Anglais les ont intelligemment réparées et les ont entourées de grilles en fer. La quantité d'eau qu'elles peuvent contenir est de plus de dix millions de litres ; une fois pleines, elles peuvent alimenter Aden pendant trois ans. Avec un peu de terre végétale apportée d'Arabie, les Anglais ont formé un petit ardin autour des citernes ; quelques arbustes arabiques, des en-

---

(1) Le R. P. Alphonso de Mocerata a tenté de mettre à exécution ce vaste et magnifique projet. Il est venu en France où il a fait, avec l'auteur de ce livre, un voyage qui a eu quelques succès. Mais, depuis quelques années, l'on a annoncé la mort de ce courageux serviteur de Dieu.

calyptus et des acacias en font tout l'ornement. C'est non loin de-
là, dit la tradition locale, que s'élevait le palais de la fameuse
reine de Saba. A cent pas des citernes, l'on trouve quelques puits
forés, dit encore la tradition, sous le règne de Salomon. De la
terrasse qui domine la plus grande des citernes le coup-d'œil est
très-pittoresque. Au loin, par une échancrure des rochers dont la
plupart affectent des formes bizarres, l'on aperçoit la mer. Au
pied des roches, l'église catholique et les bâtiments de la mission
élèvent leurs murailles blanches. Aden s'étale à nos pieds. C'est
un dédale de rues spacieuses mais tortueuses, dont les terrasses
grises brillent au soleil; les minarets sculptés des mosquées, les
toits pointus et les dômes en forme de cloche des pagodes se dressent au-dessus des maisons; sous les varandahs, l'on aperçoit une
oule de gens qui se promènent d'un air affairé. A droite, sur la
montagne, c'est le temple du Feu; plus bas, le cimetière guèbre
où les cadavres, exposés à l'air, sur des claies, se sèchent au soleil.
Autour des puits de Salomon, une foule d'ânes et de chameaux que
l'on charge d'outres pleines d'eau, égaye le paysage. Voici des
femmes arabes reconnaissables à leur chadera de toile noire qui
laisse entrevoir leurs grands yeux de gazelle; à côté d'elles, deux
juives d'une rare beauté emplissent leurs vases de terre rouge.
Elles sont vêtues de robes vertes, s'ouvrant sur des pantalons de
toile blanche; leurs cheveux tressés sont entourés de turbans rayés
de mille couleurs. Auprès d'elle, un Arabe, assis à côté de son
chameau agenouillé, attend que son tour vienne d'emplir ses outres. Ce groupe forme un charmant tableau; l'on croirait voir
Eliézer attendant que Rébecca veuille bien lui offrir à boire.

D'autres personnages se promenaient tout près de nous. C'é-
taient un riche Banian et un Parsis. Leur costume ne différait que
par la coiffure. Ils étaient vêtus de larges pantalons, descendant
jusqu'au-dessus de la cheville, taillés comme ceux des matelots,
mais faits d'une riche étoffe de soie semée de fleurs et d'arabesques
rouges et blanches sur un fond bleu. Une chemise de mousseline
brodée recouvrait ces pantalons jusqu'aux genoux. Par dessus
cette chemise, une veste de soie brodée, à grandes manches, était
serrée à la taille par un magnifique châle de cachemire. Le Banian
portait une sorte de mître ornée d'ailerons de chaque côté, et faite
d'un cuir noir sur lequel on avait cousu un riche tissu d'or et

d'argent. Le Parsis avait pour coiffure un simple bonnet de soie brochée, blanc et bleu. En voyage, ce costume est complété par une robe à grandes manches, en soie ou en toile, mais toujours blanche.

Tout à coup nous vîmes déboucher, au tournant d'une rue, une calèche dans laquelle s'étendait nonchalamment un personnage richement vêtu. Le véhicule, de fabrique anglaise, était traîné par une paire d'admirables chevaux arabes noirs comme l'ébène. Un *saïs*, ou coureur, le précédait, et six cavaliers armés jusqu'aux dents, l'escortaient. Le P. Alfonso me dit que c'était un frère du sultan qui retournait à Lahadj, selon toute probabilité. Dès qu'il aperçut les deux missionnaires, il fit arrêter sa voiture, mit pied à terre, s'avança vers eux, et leur fit le salut arabe, salut qui consiste à toucher la terre du dos de la main droite et à porter successivement cette main au cœur, à la bouche et au front. Puis il se mit à parler avec vivacité, mais d'un ton respectueux en employant la langue arabe. J'ai su depuis qu'il demandait qui nous étions, Algee et moi. Pendant qu'il s'entretenait avec le père Alfonso, je l'examinai tout à mon aise. C'était un homme d'à peu près quarante ans, assez laid de visage, mais bien proportionné. Il ne portait ni barbe ni moustache. Il avait un magnifique costume de satin violet brodé d'or, sur lequel flottait une robe de cachemire indien à palmes d'argent sur un fond vert pâle. Ses bottes de maroquin rouge, son turban, sa ceinture étaient semés de pierreries; la poignée de son yatagan et celle de son sabre étaient de vraies merveilles ; l'une en filigrane d'or orné de perles, et l'autre taillée dans un seul morceau d'agate. Cet éblouissant personnage répondait au nom de Saïd-ben-Ismaïl-Pacha.

Au bout d'un instant, il nous salua et remonta dans sa voiture qui partit comme un trait.

En rentrant dans Aden, le P. Alfonso voulut me faire voir le palais du sultan, grande maison de pierre sans ornements extérieurs et fort misérablement meublée. Une douzaine de soldats en haillons, mais armés de poignards d'une grande valeur, en gardaient les abords.

Sur ces entrefaites la nuit était tombée, et lorsque nous arrivâmes dans la principale rue de la ville, toutes les boutiques étaient éclairées. Nous nous promenâmes pendant près d'une heure. Il

est inutile de dire que nous faisions sensation. Arabes, Hindous et
Persans saluaient gravement les missionnaires, et plus d'un infidèle s'agenouillait devant eux, tant ces vénérables prêtres inspiraient du respect.

Rien ne saurait donner une idée du mouvement qui règne dans
une ville orientale. J'en ai déjà parlé à propos du Caire; mais,
entre le Caire et Aden, il y a toute la différence qui existe entre
Paris et une ville de province. Aussi le mouvement n'est plus le
même ici que là. Au Caire, c'est une activité fiévreuse : on court à
ses affaires; les Européens visitent la ville, vont et viennent, en
combrant les chaussées. A Aden, sauf la garnison qui sort peu, il
n'y a pas d'Européens ; ils sont réfugiés à Steamer-Point dont le
climat est plus agréable. Le mouvement se concentre dans la
grande r e; l'on se rassemble de ant les boutiques et l'on parle
avec une vivacité, un entrain dout le caquet de nos commères ne
peut donner qu'une faible idée. Il y a là des conteurs, des impro-
visateurs auprès desquels l'imagination d'Alexandre Dumas serait
de l'idiotisme. L'on ne recule pas devant certaines histoires gri-
voises, pour ne pas dire plus. Et alors ce sont des éclats de gaieté
interminables, des rires inextinguibles. Tout ce tumulte, ces rires,
ce babil, s'accordaient mal avec ce que j'avais entendu dire jusqu'alors de la « gravité orientale. » J'appris par expérience que la
« gravité orientale » n'existe nulle part en Orient, si ce n'est sur
les bords du Bosphore que je n'ai pas visité. Les boutiques d'Aden
regorgent de ces curiosités dont les Parisiens paient au poids de
l'or d'ingénieuses imitations. Porcelaines de l'Inde, de la Chine et
du Japon, ivoires sculptés, statuettes de marbre; boîtes, écrans,
éventails, flacons, essences précieuses, étoffes tissées d'or, soies
brodées, mousselines, cachemires, armes damasquinées forment
de véritables musées d'une valeur inappréciable. Le commerce des
plumes d'autruche est aussi très-étendu; mais ce qui enrichit
Aden, c'est la vente du café de Moka, ville située à peu de distance
de la première. J'ai bu de ce divin breuvage, et je dois à la vérité
de dire que les demi-tasses et les *mazagrans* que l'on sert dans
les cafés du boulevard n'ont avec le moka aucune espèce de
rapport.

Nous rentrâmes, pour dîner, à la mission. En notre honneur, le
cuisinier s'était distingué; il nous offrit comme entremets un

plat de pommes de terre, et, au dessert, nous eûmes des pommes verdâtres. Il faut dire que les pommes de terre viennent de l'Egypte, et que ces pommes âcres, sûres, se paient à Steamer-Point deux schellings la pièce, c'est-à-dire DEUX FRANCS *cinquante centimes*, le double du prix qu'en coûte le boisseau dans nos campagne

Après le dîner, nous sortîmes pour nous promener sur la place. Le capitaine B***, commandant de Perim, devait s'embarquer le lendemain, et ses collègues lui donnaient un repas d'adieu. Un orphéon et deux corps de musique jouaient et chantaient alternativement sous les fenêtres de la *mess* des officiers. Nous nous promenâmes pendant longtemps sur la place, en écoutant ces mélodies qui nous rappelaient l'Europe, quoiqu'elles fussent fort mal exécutées. Les Anglais sont, en effet, d'exécrables musiciens : c'est peut-être pour cela qu'ils sont bons commerçants. Il faisait un clair de lune superbe, et je vous assure que le paysage, ainsi éclairé par les rayons de la lune, avait un charme étrange. Ces entassements de roches dont la silhouette noirâtre se profilait sur un ciel d'une transparence sans égale ; ces maisons blanches, semblables à des tombeaux, jonchaient une place dépourvue de toute végétation ; la mer, dont chaque vague étincelait comme un miroir au soleil, formaient un ensemble grandiose, imposant, plein d'une mélancolique poésie. . . . .
. . . .

Le lendemain, je reprenais la route de Steamer-Point, accompagné du R. P. Alfonso, d'Algee-Mirza et de Francis, le jeune hindou dont j'ai parlé plus haut. Notre voiture nous fit faire un long circuit pour nous mettre à même de visiter les points principaux des fortifications d'Aden. Ces points sont situés à deux milles de la ville. Pour y arriver, l'on s'engage dans un magnifique tunnel d'au moins trois cents mètres de longueur, percé dans le roc vif et au bout duquel se trouve la plage. Une plaine s'étend sur le bord de la mer. On y a construit un arsenal et des maisons pour les Européens. Ces constructions, d'une blancheur uniforme, sont légèrement teintées de bleu par le reflet de la mer qui les baigne. Elles ont un aspect très-pittoresque. Un autre tunnel conduit dans une grande plaine fortifiée, ceinte d'un mur énorme. Des casernes d'une grandeur imposante, destinées aux soldats européens, s'élèvent dans cette plaine. On y a construit aussi de petites maisons à l'indienne pour les cipayes. Un Champ de-Mars pour les exercices militaires, un gymnase, complètent ce petit village. A droite, est construite une machine à distiller l'eau. Des travaux sont commencés pour creuser un immense réservoir dans lequel on amènera des eaux douces de l'Arabie au moyen d'un canal. En sortant de cette plaine, on traverse un poste, un pont-levis, et l'on se trouve à Mallabandar, qui est le petit port de commerce d'Aden, Steamer-Point étant spécialement réservé aux vaisseaux de guerre et aux paquebots. Ce port est rempli de schelingues et de catamarans indiens, de boucres arabes, de goëlettes et de bricks anglais et africains. Des magasins, un bureau de douane, des cases d'Arabes en font un petit village.

A dix minutes de là, nous rencontrons une ville nouvelle. Un Européen qui ne serait pas averti, se figurerait voir une cité bâtie pour y loger des chiens... encore beaucoup de nos petites dames n'y logeraient-elles pas les leurs. Cette ville, ramas de maisons construites avec de la paille pourrie et des herbes marines, est habitée par les Somaülis. Cette misère inouïe, au sein d'une nature désolée, serre le cœur.

Nous fûmes bientôt rendus à bord du « *Mariotis.* » Ce fut en pleurant que je me séparai d'Algee. Nous ne nous connaissions que très-peu avant de nous retrouver sur le pont du *«Prince-Noir.»* Mais quinze jours de la vie de bord avaient fait de nous deux amis Peut-être ne nous reverrons-nous plus, mais si ces lignes vont vous trouver à Lahore, mon cher Algee, donnez un souvenir à l'ami que vous rendîtes jaloux de votre érudition et, surtout, de vos qualités. Quant à moi, le souvenir de cet enfant du Népaul ne sortira jamais de ma mémoire.

Le P. Alfonso me promit de venir me voir un jour, lorsque je serais de retour en France. Il doit aller à Rome pour les besoins de sa mission.

Puisse-t-il m'être donné le bonheur de le revoir et de causer avec lui de son cher Aden.

Pour achever cette esquisse rapidemment tracée d'un pays que je souhaite revoir avant de mourir, permettez-moi, lecteur, de vous mettre sous les yeux le récit de la vie d'un Somaüli, qu'un missionnaire capucin, le R. P. Exupère, raconte dans une lettre récente :

« Ismaël est né, dit le R. P. Exupère, parmi les Bédouins Somalis des environs d'Andrat. Les guerres continuelles que se font
entre elles les diverses tribus somalis causèrent en un seul jour la
mort de tous ses parents mâles. Pour comble de malheur, les biens
que le père d'Ismaël avait donnés à sa mère, biens consistant
simplement en un certain nombre de chèvres, furent volés. Ici,
quelques complications légales que je n'ai pas comprises, mais qui
font qu'Ismaël professe peu de respect et d'amour pour sa mère.
Ces complications tournèrent mal encore pour ce pauvre garçon,
qui devint errant et vagabond sur la terre somali, allant de tente
en tente, de parent en parent, accueilli partout, même chez les
barbares, comme on accueille un parent pauvre chez les civilisés.
Il fut bientôt fatigué de ce genre de vie, et, pour en finir, il réso-
lut, à dix ans, de quitter son métier de Bédouin pour se faire
mousse, avec l'espérance de devenir matelot plus tard. Sur ce, et
sans plus d'égards pour les larmes de sa mère, qui le suivit en
pleurant jusqu'au bord de la mer, notre homme s'embarque sur un
lougre appartenant à l'iman de Mascate. Ce fut à Mascate que l'é-
toile de la France commença à jeter sur son front noir quelques
pâles rayons ; ainsi dirait, du moins, M. Joseph Prudhomme en ses
jours de poétique humeur.

» L'iman de Mascate était l'hôte d'un Français, médecin en apparence, négociant et Marseillais en réalité, lequel trouvait qu'il faisait bien chaud à terre. L'iman le pria gracieusement de choisir
le plus propre de ses vaisseaux et d'en faire sa demeure, afin qu'il
pût jouir de la fraîcheur de la mer. Notre Français tomba juste sur
le lougre qu'Ismaël ornait de sa présence. Il s'établit bientôt entre
Ismaël et le Français un échange de bons offices qui ne tarda pas
à engendrer une certaine amitié. Le Français faisait participer Ismaël aux vivres abondants qu'il recevait chaque jour de la muni-
ficence de l'iman. De son côté, Ismaël, dont l'intelligence s'était
singulièrement développée, avait fini par comprendre que, lorsque
le Français prenait un verre, c'était qu'il voulait boire, et que,
lorsqu'il mettait un cigare à sa bouche, c'était qu'il voulait fumer ;
en conséquence, il lui offrait gentiment ou l'eau ou le feu, selon
l'occurrence, et toujours à propos ; tant et si bien que le Français,
de plus en plus habitué à Ismaël, voulut l'emmener à Bombay.

» Mais Ismaël, craignant de compromettre sa foi musulmane

avec des chiens de chrétiens, refusa net. Il craignait pourtant plus encore pour sa vie que pour sa foi, supposant que les chrétiens sont capables de tout, même de tuer et de manger les Somalis, ou tout au moins de leur faire subir un mauvais traitement que les Somalis font volontiers subir à leurs hôtes. A force d'instances, le Français finit pourtant à faire avouer ses craintes au pauvre enfant, et cela devant un vieil Arabe qui en rit beaucoup. Ce rire fit réfléchir Ismaël, et il finit par se laisser tenter. Jamais pourtant on ne put lui faire manger de la cuisine du bord; il avait trop peur d'être empoisonné ou d'engraisser outre mesure : il vécut donc, pendant cette traversée, comme il put.

» A Bombay, nouvelle affaire : le Français lui fait accepter de l'accompagner jusqu'à Maurice, et l'embarque sur un navire qui allait à Bordeaux. Ismaël avait déjà été de Bombay à Maurice, et il savait que ce voyage s'effectue aisément en vingt-cinq ou vingt-six jours, si le vent est bon. Or, le vent fut bon, et un mois était passé sans que l'île Maurice eut paru. « Je parlais, me disait Ismaël, avec mon Français un baragouin composé de cinq ou six langues différentes ; mais il avait la bonté ou l'esprit de me comprendre. Tous les jours, lorsque le mois se fût écoulé, je m'approchais de lui tandis qu'il se promenait sur le pont, et je lui adressais toujours la même question : « Monsieur, Maurice ? » ou bien encore : « Maurice, monsieur ? » Mais lui, tantôt il m'indiquait du doigt un point quelconque de l'horizon, et tantôt il braquait bravement vers le Nord ou vers le Sud sa longue-vue, en disant : « Maurice, là-bas ! » Je le croyais, et, tout content, je pensais arriver le lendemain, sinon dans quelques heures.

» Il me traîna ainsi pendant deux mois, et puis, un beau matin, je me trouvai en face de Sainte-Hélène. Comment vous peindre ma tristesse, mon désespoir, lorsque, en face de ce rocher, je compris qu'on me trompait ! Je tombai comme mort sur le pont, et de trois jours on ne put me faire faire un mouvement ; je ne voulais plus ni bouger, ni parler, ni manger.

» Après ces trois jours, cependant, une pensée vint me rendre courage : puisqu'un vaisseau a pu me porter de ma patrie jusqu'ici, peut-être un autre vaisseau me ramènera d'ici dans mon pays. Sur cette belle pensée, je me levai et me remis immédiatement à rire, à sauter, à courir, à manger comme tout le monde. »

» Tout alla bien tant qu'il fit chaud. Mais, arrivé à hauteur de Madère, un vent se mit à souffler qui ne ressemblait à rien de tout ce qui, en fait de vent, avait caressé jusqu'alors les cheveux crépus d'Ismaël : c'était le vent du nord. Voilà notre homme qui grelotte, mais qui grelotte si fort que, ne sachant où se mettre à l'abri, il va se fourrer dans un tonneau où gisaient pêle-mêle quelques vieux débris de voiles. Là, pendant trois jours encore, il ne s'occupa que de grelotter. Ses compagnons de voyage le cherchèrent inutilement dans tous les recoins du navire, jusqu'à ce que l'un d'eux allât plonger la main dans le tonneau aux chiffons. Qu'attrape-t-il ? La jambe d'Ismaël ! Cri de surprise, cri de joie : c'est Ismaël. On l'habilla du mieux qu'on pût ; s'il n'a menti, on lui donna même des gants.

» Enfin Bordeaux ! Là, il descendit à terre, et le public daigna l'honorer d'une attention qui n'était pas dépourvue de bienveillance. De petits enfants bien mis s'approchaient de lui gracieusement, frottaient sa main noire avec leur doigt d'abord, avec leur mouchoir mouillé de salive ensuite ; puis, s'apercevant que le noir restait, ils finissaient par comprendre qu'Ismaël ne s'était pas noirci exprès. Tout cela, cependant, ne rassurait pas pleinement notre ami ; pendant un mois encore jamais il ne dormit dans l'endroit qui lui avait été marqué pour cela, tant il avait peur qu'on ne vînt le tuer durant son sommeil. Voyant, après ce laps de temps, qu'il ne lui était arrivé aucun mal, il conclut en son cœur que les Français sont de braves gens, et il dormit tranquille. Depuis, il leur resta fidèle ; il retourna, après diverses aventures très-vulgaires, à Aden, où il exerce, par un cumul peu répréhensible, auprès des divers agents consulaires français qui se sont succédé dans cette ville, les honorables fonctions de garçon de bureau et d'interprète de vingtième classe à peu près, le tout aux appointements de 600 fr.

» Nul ne sait aussi bien que lui l'histoire des relations de la France avec la côte orientale d'Afrique. Depuis longtemps, il ne s'est pas passé un événement de quelque importance dans lequel il n'ait été ou acteur ou témoin. Deux hommes surtout jouissent de son estime : ce sont M. le contre-amiral de Langle, dont il admire, avec toute la côte du reste , la justice et la fermeté, et feu

M. Lambert , dont l'humeur aventureuse et l'ardent patriotisme
étaient loin de lui déplaire.

» L'assassinat de ce dernier l'obligea de revenir en France. Ce
fut dans ce second voyage qu'il eut l'honneur, dit-il, de serrer la
main à l'Empereur et de causer avec l'Impératrice ; je ne parle pas
des ministres : c'était pour leur parler qu'il était venu , et qu'il
avait voyagé en première classe en chemin de fer, tandis que l'officier de marine qui l'accompagnait était en seconde classe.

» Tout cela n'a pas rendu notre Ismaël plus fier. Possesseur
maintenant d'un beau sabre turc qu'il a reçu de l'Empereur, et
d'une belle montre en or qu'il tient du ministre des affaires étran-
gères, il quitta très-volontiers Paris pour Aden, où il est, comme
devant, le serviteur très-dévoué de tous les Français qui le paient.
En passant à Marseille, il alla remercier celui qui l'avait fait jadis
venir en France malgré lui : dites, après cela, que la reconnaissance n'est qu'un mot. »

Cette biographie est un peu longue, mais il nous semble qu'elle
présente assez d'intérêt pour qu'on excuse la longueur de la citation.

LES SEYCHELLES

LES SEYCHELLES

Dans la seconde nuit, après avoir quitté Aden, nous étions sur le point de doubler le cap Guardafui, pointe extrême de l'Afrique, qui forme le pays des Somaülis et sépare l'Abyssinie de la côte d'Ajan.

Nous étions à la hauteur de l'île de Socotora, d'où l'on tire le fameux aloès *sucotrin*, et que deux cents kilomètres séparent du continent africain. Il était onze heures du soir, lorsque nous doublâmes le cap. La mousson qui, d'avril à août, souffle du *suroud* au *nordèt*, c'est-à-dire du sud-est au nord-est, n'était point encore apaisée.

Aussi, le tangage et le roulis ne laissaient-ils pas un instant de repos aux passagers, ce qui dura pendant trois jours. C'est avec un légitime orgueil que je me vante d'avoir le pied marin. Sans me laisser intimider par l'infernale danse qu'exécutait le « Mariotis, » je ne *démarrai* pas du pont.

J'eus donc le plaisir de voir tout à mon aise cette côte africaine, où l'homme n'est estimé que d'après la qualité et la quantité des biftecks qu'il peut fournir à ses semblables.

Tout en regardant ces rochers surmontés d'une végétation, dont la distance m'empêchait de reconnaître la nature, je me plongeai dans une réflexion pleine de charmes et me demandai à plusieurs reprises qui est préférable, du cannibale qui rôtit son semblable et du civilisé qui dépèce sa réputation. Je demeurai songeur tant que nous eûmes la terre en vue ; après avoir passé à la hauteur du cap d'Orfin, nous reprîmes la pleine mer. Je regrettai amèrement que le paquebot ne suivît pas la côte. J'eusse voulu voir, ne fût-ce que de loin, ces villes fantastiques ignorées de l'Europe : Magadoxo, Brava, Melinde, Monbaga, Quiloa, Mozambique et Quillimané. J'aurais volontiers relâché à Zanzibar, aux Comores et à Madagascar. La destinée et le « Mariotis » en avaient décidé autrement.

Lorsque le jour se leva, notre vaisseau était entouré d'une multitude de méduses. Ces bestioles, d'un rose vif diapré de violets, faisaient ressembler la mer d'une couleur verdâtre, à un vaste champ de tulipes. Tous les passagers, accoudés sur les bastingages, se repaissaient de ce spectacle qui n'avait pourtant rien de bien attrayant. C'est que la moindre des choses fait évènement à bord. Bien des gens s'y ennuient. Pour mon compte, je ne me suis jamais ennuyé nulle part et je ferais volontiers le tour du monde, sans craindre que l'ennui vînt m'assaillir, même à bord, alors qu'on ne voit rien, si ce n'est la mer et le ciel : deux immensités.

Nous étions à cinq degrés de l'équateur et nous devions passer la Ligne, le lendemain, à une heure après-midi, lorsque je sentis une impression que je ne m'attendais nullement à éprouver.

J'eus froid. Comprenez-vous que l'on ait froid à 125 lieues de l'équateur, par cinq degrés de latitude, à la hauteur de Ceylan et des Carolines ? Moi, je le compris si bien que j'endossai mon pardessus après avoir noté le fait sur mon calepin.

Je m'attendais, le lendemain, à subir le baptême de la ligne et j'espérais voir dans tous ses détails cette auguste cérémonie. Il n'en fut rien. Je dus me résigner à écouter le récit d'un matelot qui l'avait entendu raconter par son père, lequel le tenait d'un sien ami, récit qui traitait du susdit baptême.

Ce fut tout ce que j'en eus. Je me récriai, déclarant que l'on nous devait un baptême et que nous étions lésés si on nous le refusait : l'on me répondit que, depuis longtemps cet usage était tombé en désuétude. L'on ne nous montra même pas la scie accoutumée, scie qui consistait à tendre un cheveu sur la lentille d'une lunette d'approche et à montrer, par cette lunette, au passager la ligne qui coupe la mer et le ciel en deux parties. Un novice m'assura que beaucoup d'imbéciles s'y laissaient prendre, mais il eut soin d'ajouter que, présentement, il ne se trouvait pas d'imbéciles à bord du « Mariotis. » Cette flatterie lui valut un *Backchich*.

Il faut dire que la vie de bord est bien la plus monotone de toutes les existences, pour les gens qui n'aiment pas les livres et qui ne savent pas rêver. Au point de vue matériel, c'est autre chose. L'on mange bien, l'on dort bien et l'on n'a que faire de ses dix doigts. Toutes les préoccupations du passager se réduisent à deviner combien l'on file de nœuds à l'heure et dans combien de temps on arrivera au prochain port de relâche. L'on suit avec une attention anxieuse la manœuvre du loch.

Une heure avant midi l'on s'inquiète du point que le commandant marquera à cette heure au-dessus du palier de l'escalier des premières et de midi à deux heures, l'on commente ce point et l'on discute sur le nombre de lieues que l'on a fait dans les vingt-quatre heures. Puis l'on joue aux dames, aux dominos, au jacquier. L'on cause de ceci, de cela et d'autre chose ; l'on dort, l'on fume... et voilà !

Je m'abstiendrai de vous décrire le « Mariotis. » La raison en est que je ne l'ai pas visité et que j'ignore l'argot maritime. Je m'exposerais à prendre les *cabillots* pour des *enfléchures*, les *focs* pour des *huniers* et la roue du gouvernail pour le moteur d'un tournebroche.

Nous arrivâmes aux Seychelles six jours après avoir quitté Aden.

Bien des gens, en France, ignorent le nom et même l'existence de ce petit archipel qui, cependant, a une importance relative.

Comme nous devions passer la journée et la nuit en rade, je descendis à terre et dirigeai incontinent mes pas vers le couven des missionnaires capucins où je fus accueilli par le R. P. Ignace préfet apostolique des Seychelles, mon compatriote.

Ce fut avec des larmes de joie que le bon père me reçut et mi comme les Espagnols, sa maison *à la disposicion de usted*. Immé diatement il appela son vicaire, le P. Martin, et en un clin-d'œi la table fut couverte d'une appétissante collation : des œufs, un salade de chou-palmiste, des bananes, des mangues, un anana et une tranche de véritable gruyère du Chablais, le tout arrosé de vin du Cap.

Dès que je fus un peu restauré, le P. Ignace entama la conver sation.

Nous allions un peu à bâtons rompus. Lui, me parlant de la Sa voie, et moi, l'interrogeant sur les Seychelles; mais nous eûme bientôt débrouillé notre écheveau.

Je lui donnai toutes les nouvelles du pays que j'avais, après quoi je sortis et, chemin faisant, il me renseigna sur les Seychelles. C'est donc de lui que je tiens les notes que je soumets au bienveil lant lecteur.

Les Seychelles, ainsi que l'île Rodrigue, les Chagos et les Ami rantes, dépendent de Maurice, notre ancienne île de France. Elles sont situées entre le 3° 30 et 7° 30 de latitude sud, et entre les 50° et 54° de longitude est. L'archipel se divise en deux groupes : les Mahé, au N. E. ; les Amirantes, au S. E. Il se compose de qua rante-deux îles. Les Portugais découvrirent les Seychelles au xv° siècle. Le capitaine Pécault, délégué de Labourdonnais, en prit possession, au nom de Louis XV, deux cents ans plus tard. En 1814, elles furent cédées à l'Angleterre et 1851, le P. Léon des Ar venchers, missionnaire d'Aden, y institua la mission qui fut con fiée aux capucins de la province de Chambéry.

Sur huit mille habitants, la colonie compte à peine un millier de protestants : la majorité est catholique. Ainsi qu'ils l'ont fait partout où l'amour de J.-C. a porté leurs pas, nos missionnaires ont fait un bien immense dans ces contrées. En dix-huit ans, ils ont bâti sept églises et une chapelle, fondé un pensionnat de jeunes filles, dirigé par les sœurs de Saint-Joseph de Cluny et une école pour les garçons, confiée aux frères des écoles chrétiennes dont le dévouement est à toute épreuve.

Ainsi, grâce aux missionnaires, le bienfait de l'instruction pénètre même parmi les peuplades les plus éloignées.

Quoique protestant, *le Civil Commissioner* ou gouverneur des Seychelles, vit avec les RR. PP. en très-bonne intelligence. C'est, paraît-il, un homme libéral, intelligent, point libre-penseur et très-bien intentionné. Plût au ciel que tous les gouverneurs des colonies françaises eussent ces qualités !

La principale des Seychelles est l'île Mahé dont la capitale est Port-Victoria. Elle a vingt-quatre kilomètres de circonférence, son aspect est des plus gracieux. Deux collines s'élèvent à ses deux extrémités, laissant entre elles une grande échancrure que fend une gorge d'où sort un torrent. Ces collines sont couvertes de la végétation luxuriante des tropiques. Un épais tapis d'arbustes les voile d'un manteau vert; çà et là des bouquets de cocotiers dressent au-dessus de cet océan de verdure leur tronc grisâtre surmonté d'un panache d'immenses feuilles tailladées. Sur la croupe des mamelons des cannes à sucre livrent au vent leurs feuilles lancéolées d'un beau vert tendre; plus bas, les ombelles découpées du latanier s'allient aux larges feuilles des bananiers et des songes... Les maisons de Port-Victoria, construites en bois de natte rouge-brun et couvertes en bardeau de jacquier jaune, reluisent à l'ombre des tamariniers. Au loin, le clocher et la façade conique de l'église se dessinent en blanc sur la sombre couleur des arbres. Une mince ligne jaune serpente autour de l'île : c'est une plage sablonneuse de peu d'étendue dans laquelle sont pratiqués des parcs à tortues.

Au loin, on voit les îles Praslin, la Digue, Sainte-Anne, Silhouette et Curieuse qui font à Mahé une ceinture de corbeilles de fleurs

Naturellement, Port-Victoria ne renferme aucun monument, sauf les deux écoles et l'église catholique. Celle-ci est, je crois, le seul monument pour la construction duquel on dut employer la pierre. Elle n'a rien de remarquable si ce n'est un fort bel autel en acajou sculpté, de dimensions colossales et fait tout entier de la main d'un missionnaire. La maison de la mission est attenante à l'église. C'est une humble case de bois, toute couverte de lianes et de vigne vierge que lui font un manteau de verdure. Un jardin, que nos mondors parisiens paieraient dix mille francs le mètre carré, l'environne ; il contient un échantillon de toutes les plantes du pays, surtout des plantes médicinales. Les écoles sont construites dans le même goût. Elles renferment un nombre relativement considérable d'enfants.

Les productions des Seychelles sont les mêmes que celles de l'île Bourbon dont nous aurons occasion de reparler plus tard. Le seul fruit qu'elle produise est ce qu'on appelle le coco de mer. Ce coco est d'une dimension et d'un poids extraordinaires. Sa forme est singulière. On m'assura que ce coco ne vient pas ailleurs : la graine en aurait été apportée, dit-on, des Maldives ou des Laquedives.

La principale industrie des Seychelles consiste dans la préparation de l'huile de coco. Néanmoins on y cultive la canne à sucre, le café, la canelle et le girofle. On y confectionne de charmants petits objets avec la paille du coco. J'en ai rapporté des éventails, des corbeilles, des chapeaux nattés avec un bon goût parfait ; les petits paniers en fil de coco sont des merveilles de délicatesse. Il va sans dire que tout cela se vend très-cher. Il y a, à Port-Victoria une imprimerie et une photographie.

Le climat des Seychelles est d'une salubrité remarquable. Les poitrines délicates y trouvent la guérison de leur maladie et je crois qu'un poitrinaire y guérirait facilement. La nourriture est là ce qu'elle est à Bourbon et à Maurice. Le blé vient de l'Inde et l'on tire bœufs et vaches de Madagascar. C'est là, à Port-Victoria, que l'on trouve des correspondances pour cette dernière île, Zanzibar et la côte de Mozambique.

La population des Seychelles est formée de la même manière que celle des autres colonies ; elle se divise en blancs, en mulâtres et en noirs. Les Indiens, si nombreux à Bourbon, y sont pourtant en minorité ; en revanche, Mozambique et Zanguebar lui fournissent un grand nombre d'engagés. Les mulâtres, classe la plus nombreuse de la population, y sont moins méprisés des blancs que partout ailleurs. Le croisement des races, entre Anglais et noirs, donne un plus beau produit que dans les colonies françaises. Je demande pardon au lecteur d'employer de telles expressions, mais lorsqu'on veut être vrai, il faut être explicite. Rien n'est plus singulier que l'alliance du type anglais avec le type nègre. Des cheveux d'un noir de jais, des yeux bleus, une peau mate et presque blanche, empêcheraient les Européens de reconnaître l'origine de certains mulâtres, sous les signes distinctifs, auxquels il est impossible de se tromper quand on a habité une colonie, qui trahissent leur naissance.

L'importance des îles Seychelles est immense. Les Anglais l'ont parfaitement compris, et c'est pourquoi ils conservent cette colonie qui leur coûte plus qu'elle ne rend.

Placées au centre de l'océan indien, elles peuvent devenir un entrepôt commercial des plus importants. Mahé présente une rade excellente au mouillage et l'on peut faire de Port-Victoria un port de refuge sans trop de frais. Des Seychelles, on rayonne sur tous les pays que baigne la mer des Indes. Madagascar est à deux cents lieues de là et les îles Farquhar présentent un bon point de relâche. Entre les Seychelles et la côte africaine se trouvent l'archipel des Comores, les îles Pemba, de Zanzibar et de Moufia, toutes très-productives et qui présentent de grands avantages comme positions maritimes.

Les Anglais, qui possèdent déjà, sur la côte orientale d'Afrique, les colonies du cap de Bonne-Espérance, de Port-Natal; d'immenses établissements dans l'Inde, Ceylan, cette perle de l'Asie, Victoria, dans l'île chinoise de Hong-Kong, la Nouvelle-Galles et trois ou quatre provinces dans l'Australie; les Anglais, dis-je, voudraient bien encore s'emparer de Madagascar. Ils seraient dès lors seuls maîtres du commerce dans l'océan indien et pourraient, suivant leur fantaisie, rançonner l'Europe. En effet, si les différentes colonies que nous venons d'énumérer ont leurs avantages, elles ont aussi leurs inconvénients. Dans l'Inde, ce sont les fièvres des jungles, les serpents et les tigres ; au Cap, ce sont les envahissements des indigènes qui sont à craindre ; l'Australie est bien éloignée de la métropole et Hong-Kong ne sera point une conquête sérieuse tant que la Chine sera ce qu'elle est. Madagascar, ou Tanni-Bé, la grande terre, comme l'appellent ses habitants, n'offre aucun de ces inconvénients. Les fièvres paludéennes qui règnent sur ses côtes, disparaîtront lorsque les marais auront été assainis.

Madagascar a près de quatorze cents kilomètres de longueur et cinq cent quarante de largeur. Sa superficie est aussi grande que celle de France: ses habitants sont au nombre de 6,400,000.

Une chaîne de montagnes, sur laquelle s'appuient de nombreux contreforts la divise dans toute sa longueur ; de nombreux cours d'eau, dont quelques-uns, sur une longueur de quatre à cinq cents kilomètres, sont navigables, fertilisent les vallées. Des baies immenses, très-sûres, se multiplient sur les côtes. Telles sont la baie de Diégo Suarez, au nord-ouest, laquelle n'a pas sa pareille, ni pour l'étendue, ni pour l'encrage ; la grande baie d'Atongil où débarqua, en 1774, le fameux Beniowski ; puis viennent les baies de Tintingue, de Saint-Augustin, celle de Bombetock qui reçoit le Betsibouka, le plus grand fleuve de Madagascar. Ce fleuve et son affluent l'Ikouba sont navigables dans la plus grande partie de leur étendue.

Madagascar est divisé en dix-neuf provinces qui renferment environ vingt-cinq villes, forts, bourgs ou villages.

Néanmoins, sa capitale a 70,000 habitants et possède des églises, des collèges, des écoles, une imprimerie et un journal rédigé en langue malgache.

Le règne minéral est largement représenté à Madagascar. Ses montagnes révèlent dans leurs flancs des mines de cuivre, de plomb et d'étain; d'énormes quantités de grenats, d'agates et de cristal de roche d'une incomparable beauté. L'on y trouve encore des bancs de sel gemme, de la houille, des sables aurifères.

Les côtes sont excessivement poissonneuses. Dans l'intérieur, le gibier est très-abondant, des bestiaux d'une très-belle race peuplent ses prairies. Les vers-à-soie s'y trouvent à l'état sauvage. Les seuls animaux dangereux que renferme l'île sont les caïmans et l'hippopotame.

Le règne végétal produit tout ce que produisent les terres des zônes torrides et tempérées. Le riz, le café, l'indigo, le tabac, la canne à sucre, le girofle, la cannelle, la vanille, la muscade, le cacao, le coton, les légumes, les bois résineux, les bois de construction, les bois précieux, les plantes médicinales.

Il est facile de comprendre, étant donnée, la situation de ce pays, que nos voisins d'outre-Manche soient dévorés du désir de se l'approprier. Reste à savoir maintenant si nous les laisserons agir. La France en prit possession en 1642 ; le traité de Paris, en 1814, reconnut ses droits sur Madagascar, et le traité de 1862 a confirmé ces droits.

Le 18 alakarabo, (3 septembre 1868), la reine de Madagascar, Ranavalomanjaka, à l'occasion de son couronnement, adressa aux *ambanilahitra* (ceux qui vivent sous les cieux), un discours dans lequel elle dit :

— Et je vous ai fait le serment, ambanilahitra, puisque Dieu m'a donné le gouvernement de cette île, de protéger vos personnes, vos femmes, vos enfants, vos biens. Aux grands leurs biens ; aux petits leurs biens. Ayez donc confiance, ambanilahitra, car vous aussi, vous avez en moi un père, vous avez une mère, ambanilahitra, et je demande à Dieu instamment de vous diriger dans la voie de la justice et de l'équité, ambanilahitra !...

» *Et je vous déclare aussi que j'ai fait amitié avec mes parents* » *d'au-delà de la mer ; ainsi, observez bien le traité. Si quelqu'un* » *y manque, je le déclare coupable.* »

Ces paroles doivent sauvegarder les droits de la France, et cette belle terre des Hovas, que la croix du Christ domine aujourd'hui, verra flotter à côté du signe de la Rédemption les plis du drapeau de la France à côté duquel il ne peut plus exister d'esclavage et devant lequel s'effacent les derniers vestiges de la barbarie.

Mais nous voici bien éloignés des Seychelles. J'ai dit un mot sur Madagascar en attendant qu'il me soit permis de tracer l'histoire complète de cette île : plus tard je compte l'écrire ; j'y ai des amis et, avec leur concours, j'espère faire connaître un pays dont on ne parle en France qu'avec les préjugés de l'ignorance.

Il me fut bien douloureux de me séparer du P. Ignace. En le revoyant, il m'avait semblé revoir ma famille et mes amis de là-bas ! Me voilà séparé d'eux par quelques milliers de lieues et ce soleil qui m'éclaire, ne les éclaire pas en même temps que moi. Ici, le jour et son éblouissante clarté... là-bas, la lune qui jette un pâle rayon aux flancs de nos Alpes... Oh ! patrie.

Je partis, comblé de présents. L'excellent missionnaire voulut me faire emporter des spécimens de chacun des travaux en paille que l'on fait aux Seychelles et à Madagascar. Chapeaux, bonnets, éventails, écrans, boîtes, paniers, corbeilles, cadres en paille tressée, cocos doubles, s'entassèrent dans une grande caisse que l'on fit transporter à bord.

— Quand vous arriverez en Savoie, me dit le P. Ignace, vous distribuerez ces petites choses à vos frères, à votre sœur, à vos amis, et vous leur direz que c'est un Savoyard qui les leur envoie, en les conjurant de ne pas l'oublier dans leurs prières. Adieu, mon enfant, que Dieu vous bénisse !

Puis, je partis...

C'était bien triste, je vous assure, de laisser ainsi un ami à chaque escale : Giovanni S*** à Alexandrie, Algee à Aden, le P. Ignace, aux Seychelles. Je devais les revoir plus tôt que je ne l'espérais.

Des Seychelles à Bourbon, il y a juste trois jours de marche. Nous passâmes successivement à la hauteur des îles de la Providence, et Saint-Laurent. Jean Nove, de Nazareth, et un mois après notre départ de Marseille, nous étions en rade de Saint-Denis.

L'ÎLE BOURBON

L'ILE BOURBON

I

Arrivée. — Aspect général. — Géographie de l'île Bourbon. — Topograhie

Il était quatre heures du matin, lorsque nous mouillâmes en vue de Saint-Denis. Comme nous ne pouvions descendre à terre qu'après les formalités accomplies, je m'occupai à examiner l'aspect général du pays. Lorsqu'on arrive en rade, le spectacle que présente la capitale de l'île de la Réunion, que je continuerai à nommer Bourbon, est ravissant. Au premier plan, l'on voit la jetée du Barachois, derrière laquelle se dressent le mât et les cordages multiples du pavillon. Tout à côté, c'est le bâtiment de la Douane, plus loin, au coin d'une rue, l'agence du débarquement. Entre les arbres, on entrevoit le belvédère du gouvernement. Au second plan, on voit la cathédrale et son petit clocher, la lanterne de l'hôtel-de-ville et le magnifique hôpital militaire se dresser au-dessus des constructions environnantes. Tous ces monuments sont

entremêlés de maisons plus modestes, mais également disposées ;
des groupes d'arbres égayent le paysage. L'on voit, sur la jetée,
circuler une foule de blancs et de noirs.

Le cadre est digne du tableau. Au-dessus de Saint-Denis est la
montagne du Brûlé, que dominent d'autres élévations dont la cîme
se cache dans les nuages. A droite, en venant de la mer, le cap
Bernard avance dans l'eau sombre ses pittoresques entassements
de roches et protége contre le vent la splendide caserne à l'indienne
entourée de jardins, qui se couche à ses pieds. A gauche, sous les
monts, des plaines en pente douce s'étagent et descendent jusqu'à
la mer. Il y a là Sainte-Clotilde , Sainte-Marie et Sainte-Suzanne
dont le phare se baigne dans la mer. Je le répète, ce spectacle est
d'une grandiose beauté.

Notre débarquement s'opère avec facilité, bien que la rade de
Saint-Denis soit des moins agréables ; en effet, la mer y est rarement calme ; des requins nombreux la parcourent. Les navires qui
mouillent dans cette rade n'y sont point à l'abri ; ils sont soumis à
un tangage perpétuel de l'avant à l'arrière. Aux premiers symptô-
mes d'un prochain orage, ils sont forcés de quitter la rade, la lame
venant du large et n'étant repoussée par aucun obstacle, les ferait
chasser sur les ancres, s'entrechoquer ou les jetterait à la côte.
Chaque année, au commencement de l'hivernage, c'est-à-dire de la
saison d'été, pendant laquelle les ouragans sont fréquents, un
arrêté du capitaine de port fixe aux navires le lieu du mouillage.
Dès qu'un ouragan se prépare, un pavillon est frappé au sommet
du mât du Barachois et le canon fait entendre sa voix solennelle.
Si quelque navire alors s'obstine à demeurer en rade, il en est
chassé à coups de canons. La baie de Saint-Paul, dans la partie
Sous le Vent, est plus sûre, mais Saint-Denis étant le centre des
affaires, on ne peut guère débarquer ailleurs.

Il est question, depuis nombre d'années, de creuser un port à la
Réunion. Quel emplacement sera choisi ? telle est la grave question
que l'on se pose. On en fait une affaire de clocher. Saint-Denis est
en dehors du concours, vu l'impossibilité prouvée de transformer
la rade en un port sûr, facile au mouillage, abrité contre les vents
du large. L'on a parlé de Saint-Paul, un des plus vastes entrepôts
du commerce insulaire. Malheureusement, Saint-Paul est situé
sur une grève sablonneuse, à la proximité des dunes de la Posses-

sion et *l'ensablage*, qu'on me passe l'expression, serait à craindre.
Des hommes compétents, à l'avis desquels je me range, ont pré-
senté le petit bourg de Saint-Gilles comme fort propre à devenir
une ville maritime. Là, on n'a point à craindre l'envahissement
des sables. Deux collines, entre lesquelles coule une rivière limpide protégeraient le port contre les vents ; une ceinture de rochers
à fleur d'eau qui pourraient servir de bases à des jetées cyclo-
péennes, s'étend de la pointe des Aigrettes au cap des Chameaux ;
une passe commode permettrait d'entrer dans le port. La petite
ville de Saint-Gilles, dont j'aurai plus tard occasion de reparler,
se prête volontiers au développement; une plaine de peu d'étendue,
ceinte de mamelons à pente douce l'enveloppe entièrement. On y
pourrait créer de vastes magasins et de magnifiques entrepôts. Une
fort belle route qui fait le tour de l'île relie Saint-Gilles avec
Saint-Paul et Saint-Leu, ses deux voisines immédiates. Seulement,
il y a quelque trente ans que l'on parle d'un port à l'île Bourbon ;
il serait temps ou jamais d'en venir à l'exécution. La métropole,
pour qui ce serait un immense avantage de posséder un port dans
les environs des colonies anglaises, contribuerait sans doute pour
une somme considérable à l'exécution de cet utile projet. Les
messageries impériales sont, elles-mêmes, tributaires de l'île
Maurice où se rendent les paquebots pour y subir les réparations
nécessitées par une longue traversée, et embarquer le charbon
dont aucun entrepôt n'existe à Bourbon. Chaque mois, la malle
apporte à Maurice les courriers de toutes les parties du monde, en
échange de quoi la compagnie reçoit un misérable subside de quatre mille livres sterling. Or, chaque paquebot séjourne quatorze
jours par mois à Maurice, et les dépenses de consommation faites
par les équipages, les travaux exécutés par les mécaniciens pour
les steamers, les approvisionnements, les droits de port, les qua-
rantaines, donnent à Port-Louis un bénéfice annuel qui dépasse
bien certainement quatre mille livres sterling. Pourquoi Saint-
Denis, colonie française, est-il si injustement privé de ce bénéfice?

Avant d'étudier les productions, les habitants, les coutumes de
notre belle île Bourbon, il est assez nécessaire d'en établir la
position géographique.

Tous les dictionnaires nous apprennent que l'île Bourbon est située dans la mer des Indes, sous le 21° degré de latitude sud et le

53° degré de longitude est ; qu'elle est à 35 lieues marines de l'île Maurice, à 140 de Madagascar, à 300 de la côte orientale d'Afrique, à 680 du cap Comorin, à 1,120 du cap Cuvier en Australie, à 3,250 de Brest. La traversée, par la voie du Cap est de trois mois à trois mois et demi ; par Suez on l'effectue en trente jours. L'île Bourbon est de forme elliptique ; elle s'exhausse autour de deux montagnes nommées le Piton-des-Neiges et le Piton-de-Fournaise, dont la première est à 3,069 mètres au-dessus du niveau de la mer, et l'autre à 2,625 mètres. Sept autres montagnes dominent Bourbon. Ce sont, par ordre d'élévation : le Grand-Bénard, le Morne-de-l'Angevin, le Pic-de-Cimandef, et les Piton-Bleu, de la Grande-Montée, de Villers, d'Aurère et de Patates-à-Durand.

Dans la partie orientale de l'île, entre la plaine des Osmondes et la plaine des Remparts, s'élève un volcan d'une hauteur de 2,626 mètres. C'est le Piton-de-Fournaise. Ce volcan se divise en deux cîmes, creusée chacune par un cratère dont un seul brûle encore. Les coulées de laves, circonscrites entre deux ravins, se dirigent vers la mer. Cette partie de l'île se nomme le *Grand-Brûlé.* Des éruptions considérables ont eu lieu en 1775 et en 1800. D'après un rapport officiel, le 19 mars 1869, une pluie de cendres fut vomie par le volcan, trois cent millions de kilogrammes de matière furent tamisées sur une surface de soixante mille hectares, soit sur mer, soit sur terre. L'aspect du pays brûlé est des plus tristes. Une immense nappe de lave s'étend sur le sol, morne, terne et grise. Des brins d'herbe montrent çà et là quelques plaques d'un vert noirâtre.

De la pointe d'Ango à la pointe des Galets, Bourbon a soixante-dix kilomètres de longueur ; dans sa plus grande largeur, elle en a cinquante. Le sol est divisé en trois zones. La région élevée ne produit que des mousses, puis viennent les fougères, les palmistes. La région du centre est couverte de forêts que l'on a eu le tort de déboiser. Les noirs marrons et les petits Créoles qui se réfugient dans l'intérieur des terres ont une manière de défricher qui peut sembler très pittoresque, mais qui n'est guère conçue selon les lois de l'économie politique. Ils mettent purement et simplement le feu aux arbres, et n'arrêtent l'incendie que lorsqu'ils ont obtenu un terrain d'une étendue suffisante. Ce terrain une fois épuisé, ils recommencent sur un autre point. Or, dans le centre, les éléments

substantiels du sol se réduisent à une couche d'humus sans consis-
tance, qui glisse facilement sur le sous-sol et dépouille prompte
ment le terrain de sa partie cultivable, car ce terrain ne tarde pas
à se dessécher et devient une poussière que les vents portent au
loin. D'après un rapport administratif du mois de novembre 1868,
les envahisseurs ont pénétré partout. Les pentes du Cimandef, les
plaines des Sables, des Merles, des Fougères, les vallons des Salazes, une partie des réserves domaniales de Saint-Philippe, et nombre d'autres points, sont devenus la proie des dévastateurs. « Le
» développement toujours croissant du paupérisme, dit ce rapport,
» que nous avons sous les yeux, le caractère du petit Créole, si
» insoucieux du lendemain, si antipathique au travail de la terre,
» surtout pour autrui, son horreur pour toute discipline dans le
» travail, son besoin exagéré d'indépendance, et, par suite, sa pas-
» sion pour la vie des bois, malgré les fatigues, les privations et
» les dangers de cette existence nomade ; tels sont les principaux
» motifs qui font refluer vers le centre de l'île le trop plein de la
» petite population des quartiers, et qui nous font craindre que ce
» mouvement des prolétaires, loin de diminuer, ne se développe,
» au contraire, dans des proportions de plus en plus considérables
» et menaçantes. »

Et le rapport continuant son œuvre, nous apprend le résultat
infaillible de la vie misérable isolée que mènent ces malheureux.
C'est un trait des mœurs créoles pris sur le fait. Je prie le lecteur
de vouloir me permettre une seconde citation :

« Sans cesse aux prises avec des difficultés matérielles de l'exis-
» tence, sans foyer qui les attache à la famille et à la société, sans
» moyens d'instruction, loin du contrôle et de la protection de
» l'autorité, ces déshérités du sort perdent insensiblement, avec le
» sens religieux, le sentiment des bonnes mœurs, l'esprit de so-
» ciabilité, le respect du droit, et toute aptitude à un travail hon-
» nête et régulier. »

Hydrographie. — Température. — Ouragans. — Phénomènes météorologiques.

L'île Bourbon a de nombreux cours d'eau, parmi lesquels méritent d'être mentionnées les rivières de Saint-Denis, des Pluies, de Sainte-Suzanne, du Mât, des Roches, des Marsouins, de l'Est, des Galets, de Saint-Etienne et du Rempart. Trois ou quatre ponts, souvent emportés, souvent reconstruits, en permettent le passage Généralement, on les passe à gué. La rivière Sainte-Suzanne est navigable en bateau sur un petit parcours : une chute d'eau de cinquante mètres de hauteur lui a fait une petite réputation. Presque toutes ces rivières n'ont vraiment de l'eau que pendant la saison des pluies ; le reste du temps, on peut, sans trop les offenser, les nommer des ruisseaux. Elles fournissent d'assez bons poissons, la *chitte* et le *poisson plat*, inconnus en Europe; en outre, l'anguille et une infinité de petites bêtes du genre goujon. Il n'y a pas, néanmoins, de pêcheurs à la ligne; moins badauds que les Parisiens, les Créoles sont moins patients : ils aiment la vie active et se sou-

cieraient peu d'être rangés dans la fameuse définition : une lign
est un long bâton orné d'une bête à chaque bout.

Bourbon possède six étangs. L'étang de Saint-Paul, d'une su
perficie de seize hectares, reçoit les eaux du Bernica ; il commu
nique avec la mer par un canal bordé d'une belle promenade plan
tée de rosiers. Les autres sont les étangs de Gol, de Saint-André
de l'Ilette à Patience et la mare à Poule d'eau de Salazie

Salazie, vaste cirque entouré de montagnes, est renommée, ains
que Mafatte et Cilaos, pour ses eaux thermales, alcalines gazeuses
dont la température et de 32° 5 centigrades. Celles de Cilaos on
une température de 38° 9, et celles de Mafatte de 30°. Les premiè
res sont ferrugineuses et les secondes sulfureuses.

Le climat de Bourbon est beaucoup plus doux que ne pourrait le
faire supposer sa situation sous la zone torride. La moyenne de la
chaleur est de 24 degrés. Je n'ai pourtant pas foi dans les observa
tions de ce genre. Il m'a paru que, notamment dans le mois de no
vembre, la chaleur était considérable ; les nuits pourtant sont fraî
ches, et je n'ai jamais compris que les Créoles pussent coucher
sans couverture et toutes fenêtres ouvertes. Du reste, il faut dire
que la brise de mer qui souffle pendant la journée diminue sensi
blement cette chaleur qui nous fait nager continuellement dans un
bain de sueur. Les maisons sont bâties de façon à rendre suppor
table les heures brûlantes du milieu de la journée, et les vêtements
que l'on porte... chez soi permettent à la brise de rafraîchir un peu
ce corps dont nous prenons tant de soin.

L'hiver et l'automne sont inconnus à Bourbon. L'année est divi
sée en deux saisons : l'hiver, qui correspond assez bien pour la
température, à notre mois de juillet, commence en mai et finit en
octobre ; l'hivernage, saison des pluies, de la chaleur et des oura
gans, commence en octobre, finit en avril. En juillet et en août, l'on
récolte les pistaches, l'arrow-root, le gingembre, le safran, l'igna
me et les ambrevades. Le thé se récolte en novembre. C'est pen
dant l'hivernage, c'est-à-dire l'été, qu'ont lieu, dans la région des
tropiques, ces ouragans si souvent décrits que l'on appelle, à Bour
bon, *Coups de vent*, et dont le nom scientifique est Cyclone. Ces
Cyclones, suivant une définition que j'emprunte aux savants, « sont
des tourbillons de plus ou moins grand diamètre, dans lesquels le

vent augmente de tous les points de la circonférence jusqu'au centre, où règne un calme d'une étendue variable. »

Lorsqu'un ouragan est près de se déclarer, la mer rugit sourdement, bouillonne et forme des raz de marée ; le soleil, semblable
à un bouclier de cuivre rouge, incendie le ciel de ses rayons pour-
prés. Un calme profond règne dans la nature; la chaleur diminue,
et les premières rafales s'abattent sur la terre et se succèdent alors
avec une rapidité sans égale. Arbres, maisonnettes, récoltes, mois-
sons, le tourbillon emporte tout ; il soulève d'énormes toitures de
maisons et les transporte au loin. Une pluie torrentielle fait débor-
der les rivières et inonde les terrains bas. La mer se rue avec vio-
lence contre les rochers et lance ses vagues mugissantes à cinquante mètres au-dessus de son niveau habituel. En 1829, on eut
à déplorer la perte de vingt-deux navires. Ces ouragans sont heureusement très-rares. Quelquefois, on reste dix ans sans en subir
un seul, puis chaque année, pendant une certaine période, ils se
succèdent.

Quant aux tremblements de terre, ils sont si rares et si peu terribles que ce n'est pas la peine d'en parler.

Un phénomène météorologique très-curieux est celui qui se présenta dans la nuit du 13 au 14 novembre 1866.

Vers neuf heures, un globe de feu, laissant derrière lui une traînée lumineuse, parcourut le ciel de l'est à l'ouest et vint se déchirer au-dessus de la montagne en gerbe de fusées. Dès lors une véritable pluie d'étoiles se déclara. « A trois heures du matin environ, dit un journal de l'époque, le phénomène atteignait son apo-
gée. La voûte céleste était, dans toute son étendue, traversée par
un merveilleux bouquet de fusées aux vives couleurs ; les astéroï-
des roulaient comme des îlots d'étincelles de l'orient à l'occident;
parfois des globes de feu dominaient au milieu de la « *neige flam-
boyante* » (!); on aurait dit les flammèches d'un incendie que le
vent emportait en tourbillons.» Cette relation, un peu empoulée,
suffira pour donner à nos lecteurs une idée de ces phénomènes extraordinaires qui se manifestent dans ces contrées bénies par le
ciel qui forment à la mer une ceinture d'émeraudes.

III

PRODUCTIONS.

A bord du « *Mariotis,* » mes amis Créoles avaient jugé à propos de m'effrayer un peu. L'on m'avait tant parlé des scorpions et des cent-pieds, l'on m'avait conté de si effroyables histoires dont ces aimables insectes étaient les héros, l'on m'avait si bien mis en garde contre eüx, que je m'imaginais ne pouvoir plus faire un seul pas sans être menacé de les rencontrer et de subir leurs atteintes dangereuses. Or, je dois à la vérité de dire que je n'ai vu à Bourbon qu'un seul cent-pieds vivant. Il était tout petit. En fait de scorpions, j'ai pu examiner ceux que l'on conserve au *Museum* d'histoire naturelle.

Ce fameux cent-pieds est un bien vilain compagnon. C'est une espèce de scolopendre dont la longueur est de cinq à quinze centimètres ; le corps, formé d'anneaux et armé vers la tête de deux pinces très-fortes, est de couleur brune. Cet insecte se trouve partout; sous les feuilles du parquet, entre les meubles et la muraille, sous les lits, dans les cloisons, sous les pierres des jardins, dans les trous de canne à sucre. Sa morsure est excessivement douloureuse. Elle ne tue pas; mais elle donne la fièvre. Les noirs, qui couchent dans des cabanons obscurs, humides, sur une simple natte, sont très-souvent piqués; l'on prétend cependant que l'odeur *sui generis* que dégage leur corps est un préservatif.

Le scorpion de Bourbon ressemble au scorpion d'Italie, mais il est d'une taille plus petite. Sa piqûre est dangereuse. Il se loge de préférence dans les vieux papiers, entre les feuilles des livres et dans le linge.

Scorpions et cent-pieds ont pour ennemi intime un charmant petit saurieu, de la famille des lézards gris. Ce frétillant animal habite les maisons et se promène sur les murailles et les plafonds. Sa position sociale consiste à attaquer chaque fois qu'il les rencontre ses deux venimeux congénères. Un duel à outrance s'engage entre eux et ne se termine que lorsqu'un des deux adversaires est tombé sur le carreau. O gentil lezard! que de remerciements te doivent ceux que tu sauves de la morsure du cent-pieds.

Puisque nous en sommes sur le chapitre des insectes, ne le quittons pas avant d'avoir dit un mot des moustiques, des cancrelats et de la mouche cantharide. Je regrette vivement de ne point connaître l'histoire naturelle, ce qui me permettrait de vous donner, lecteur, les noms scientifiques de ces abominables fléaux du genre humain. Les moustiques ne sont que trop connus... Ils s'acharnent après l'homme et passent leur vie à rendre son visage rouge et boursoufflé. On les trouve partout, surtout en certains lieux très-nécessaires mais que la civilité puerile et honnête défend de nommer. Le soir, si, pour dormir, on n'a pas une mousseline bien fine et fortement tendue, il faut se résigner à ne pas dormir. Dans la journée, si l'on sort, l'on est sûr de rentrer chez soi porteur d'un beau masque dont les comiques du Palais-Royal tireraient un excellent parti.

Le cancrelat est ma bête noire. Figurez-vous un hanneton... mais un hanneton de deux à troix centimètres de longueur, porteur d'ailes brunes et armé de longues antennes mobiles; cela répand une odeur pénétrante qui suffit à donner, sur terre, le mal

de mer avec tous ses inconvénients. Le cancrelat se fourre partout, mange tout, salit tout. Vous le trouvez dans votre linge qu'il
s'occupe à ronger; sur vos habits qu'il change en guipure; dans
vos livres dont il fait de la charpie. Pendant votre dîner, il vient
lourdement tomber dans votre assiette, ou se baigner dans votre
verre. Si vous rentrez le soir, chez vous, un nombre infini de petits
objets noirs circule sur le parquet, ce sont des cancrelats. Vous
faites un petit mouvement... pssst... plus rien, tout s'est enfui.
Vous ouvrez votre blague pour *charger* une pipe, vous découvrez
votre pot à tabac pour y puiser une prise, des cancrelats s'échappent sur vos doigts; blague et pot sont empuantis d'une odeur
auprès de laquelle l'assa-fœtida est un parfum d'Arabie. Que vous
laissiez le soir votre moustiquaire entr'ouverte, les cancrelats
viendront vous manger la moustache, la barbe et les cheveux.
Oubliez de boucher un flacon de liqueur, vous y trouverez le lendemain sept ou huit cadavres de cancrelats. Ces gredins-là ne
respectent rien... Oh! les cancrelats!... rien qu'en y pensant je
sens mes cheveux se hérisser et je n'ose mettre ma main sur mon
mouchoir de poche de peur d'y trouver des cancrelats, comme
cela m'est arrivé plus d'une fois. Hélas! Dieu a donné le *knout*
à la Pologne, la liberté à l'Italie, la philosophie à l'Allemagne et
à l'Espagne ses *ricos hombres*; il a doté la France de la bureau-
cratie; l'Angleterre, du protestantisme, et la Suisse, des touristes
anglais; il a fait présent aux Antilles de la fièvre jaune; au Mexique, de Juarez; à l'Inde, du cobra capella; à l'Abyssinie, du lion;
à Java, de l'*upas*; à l'Australie, des mines d'or. Mais de tous ces
fléaux dont vous venez de lire la nomenclature, il n'a rien distrait
pour donner à Bourbon. Il s'est contenté d'y envoyer le cancrelat.
Qui débarassera Bourbon du cancrelat?

Qui?

La mouche cantharide. Oui, cette agile petite bête, au corps
délié, d'un beau vert d'émeraude, aux ailes luisantes, venge
l'homme des outrages que lui inflige le cancrelat. Toutes les fois
que la cantharide aperçoit un de ces coleoptères maudits, elle s'arrête dans son vol, tournoie dans l'espace et fond à l'improviste sur
sa proie qu'elle perce d'un dard acéré. Puis, entonnant l'hymne
de la victoire, elle reprend son vol, décrit autour du cadavre des

courbes concentriques et part à la recherche d'une victime nouvelle.

Si Dieu a gratifié Bourbon des trois susdites bêtes féroces, il ne lui en a point envoyé d'autres. De toute la race féline, le chat excepté, il n'existe dans cette île aucun spécimen. Les éléphants, les rhinocéros, les hippopotames n'y foulent point aux pieds les arbres des forêts. Aucun reptile ne se cache dans les fleurs de cactus ou de la jamrosa. Les serpents sont inconnus à cette colonie. L'on n'y rencontre ni le boa, ni le cobra, ni le serpent corail, ni le crotale, ni le bothrops, ni la vipère, ni même la couleuvre la plus inoffensive. Dans les bois apportés de l'Inde et dans les blés venant de Madagascar, il a dû s'en glisser plus d'un. Mais, paraît-il, ils mourraient en touchant le rivage, car jamais on n'a pu acclimater cette horrible engeance... et personne ne s'en est plaint. Le seul serpent que l'on y ait jamais vu, fut celui du *Constitutionnel*, qui déroula dans les colonnes des feuilles locales, ses innombrables anneaux. Encore ce serpent était-il un simple canard.

Bourbon possède encore une race d'une variété et d'une diversité qui rendraient fou de joie un entomologiste. Les araignées y pullulent. Je n'en parle que pour mémoire, car cet animal cher à Palisson m'est antipathique au suprême degré. Il y en a de toutes les formes, de toutes les grosseurs : des bleues, des vertes, des noires, des jaunes, des rouges et des blanches ; des rondes, des oblongues, des plates, des velues et des glabres. Cependant, l'araignée-crabe et l'araignée écarlate de Maurice manquent à la collection. Cela m'est parfaitement égal et je suis persuadé que les Créoles sont de mon avis.

Les singes n'habitent pas Bourbon. Hommes dégénérés ou embryons humains, ces quadrumanes se rencontraient seulement au jardin du roi, où l'on en possédait seulement quelques douzaines. M. Edmond About eût pu admirer là une remarquable variété de ses nobles ancêtres : chacun sait que le spirituel mais voltairien *gendelettre* fait descendre la race humaine du singe et d'une guenon. Aujourd'hui, par un crime de lèse-singerie, les singes du jardin du roi de Saint-Denis ont été vendus par autorité de justice, la société d'acclimatation ayant fait des frais d'annonces dans un journal de Saint-Denis, frais que l'état de ses finances ne luı permettait pas de payer, l'éditeur de ce journal fît saisir la collection zoologique appartenant à la société.

Les tangues sont de petits hérissons qui vivent dans les bois. Les noirs sont très-friands de leur chair musquée, et la chasse aux tangues est une des occupations favorites des noirs marrons. A propos de marrons, tout est marron dans la colonie. Il y a les noirs marrons, les cabris marrons, le porcs marrons, les chiens marrons et les fruits marrons. Ce vocable signifie sauvage, et on l'applique à tout ce qui vit en liberté, sans entraves ; à tout ce qui mûrit sans fumier, sans serre-chaude, sans jardinier. Plus d'un pays européen ne sera jamais « marron, » mais il y aura toujours des sots pour tirer les marrons du feu au profit des gens d'esprit.

Que l'on ne s'attende point à voir ici la description des oiseaux-mouches, colibris, bengalis, sénégalis et autres chantres de ces bois qui tous ont la prétention d'être des phénix. L'on en a déjà fait tant de fois la description que le lecteur me saura bon gré de ne point imiter le pernicieux exemple des voyageurs, mes confrères. Du reste la plupart de ces oiseaux — et ils sont en petit nombre — ont été importés de Madagascar.

C'est aussi de cette reine de la mer africaine que vient le gros bétail dont on se sert à Bourbon. L'élève du bétail est à peu près nulle dans la colonie. Ses bœufs et ses vaches viennent de Madagascar, ses chevaux de Batavia, ses porcs et ses ânes de l'Inde. La raison est que l'île n'a pas de terrains consacrés aux pâturages. Aussi, le lait, le beurre, la viande de boucherie y sont-ils très-chers.

Le poisson et le gibier sont abondants. Ce dernier est de petite espèce, d'un goût médiocre : il n'est pas à la mode. Le poisson est délicieux. Je ne me souviens pas des noms que portent les différentes espèces. Je puis seulement mentionner le *gouramié*, qui est bien le meilleur poisson de mer qu'il m'ait été donné de manger.

IV

L'on estime la superficie des terre cultivées de l'île à quatre
cent mille hectares, dont un huitième — pour ne pas dire plus —
est consacré à la culture de la canne à sucre. La colonie compte
plus de cent sucreries dont la plupart fonctionnent à la vapeur.
Viennent ensuite, par ordre d'importance, les caféries, les girofle-
ries et les guildiveries ou fabriques de rhum. La récolte de sucre
a donné à une certaine époque près de quatre-vingts millions de
kilogrammes de sucre, en une seule année. Aujourd'hui cette
récolte est diminuée d'un tiers au moins. Comme les bénéfices que
donne la canne sont supérieurs à ceux qu'atteignent les autres
produits, quantité de propriétaires ont détruit leurs plantations
primitives pour se livrer exclusivement à la culture de la canne à
sucre. Le terrain s'est promptement épuisé. Une maladie a frappé

le roseau, un insecte nommé *borer* s'est glissé dans la canne qu'il dessèche, et depuis dix ans les sucreries de Bourbon sont en proie à une crise périlleuse. Que l'on ajoute à ces causes premières les crises financières, les terribles dégats produits par les ouragans, et l'on comprendra dans quelle situation se trouve cette colonie si prospère jadis. L'on a essayé de tous les remèdes, rien n'y fait. Il y a quelque temps, le conseil général de Bourbon fit demander au gouvernement l'envoi d'un chimiste dans la colonie pour y étudier les moyens de conjurer les désastres agricoles.

M. le ministre de la marine répondit par un refus. Il ne m'appartient pas de continuer une étude approfondie de ces question difficiles qui ne sont pas de mon ressort. Je fais un récit de voyage, i'écris des impression personnelles. Je me suis aperçu déjà de la facilité avec laquelle je me lançai dans certaines digressions. Lecteur, pardon : ma présomption sera punie par ton dédain.

'a canne à sucre fut introduite à Bourbon, il y a un demi-siècle, par le vénérable Charles Desbassayns, bienfaiteur de la colonie, chef d'une des familles les plus respectées, les plus aimées de pays. Ce végétal est un roseau noueux, d'une couleur rougeâtre à l'extérieur, blanche à l'intérieur et remplie d'une moelle spongieuse qui sert de réceptacle à un jus sirupeux nommé *vesou*, et qui, concentré et solidifié, forme le sucre. Les restes de la canne, moelle, feuilles et écorce, une fois séchés, se nomment *bagasse*. L'on s'en sert pour entretenir le feu des sucreries. Si bien que ce faible roseau fournit en même temps un produit alimentaire de grande valeur et un combustible de bonne qualité et peu coûteux.

La canne à sucre exige des soins multipliés. Le semis en est fait de la manière suivante. Sur un champ d'une étendue plus ou moins grande, l'on creuse des trous rectangulaires d'un pied de long, sur quatre ou cinq pouces de large et d'une profondeur de huit à dix centimètres. Des tronçons de cannes sont couchés dans ces cavités et recouverts d'un peu de terre légère. Ces plants doivent être espacés l'un de l'autre d'un mètre au moins. Chaque jour on doit les visiter, les nettoyer, en extraire les plantes parasites. Il faut, à la canne, dix-huit mois pour mûrir. La récolte se fait promptement, afin que le roseau n'ait pas le temps de sécher avant sa manipulation. Les chariots, chargés de cannes, sont amenés à la sucrerie. Les détails de la confection du sucre n'ont rien d'intéressant. Disons seulement qu'ils durent près d'un mois et qu'ils coûtent bien des travaux.

Le café était autrefois le principal produit de l'île Bourbon où l'on comptait près de cinq cents caféries. En 1862, la récolte produisait encore quatre millions de kilogrammes de café. Vers 1710, l'on découvrit dans l'île des plants de café *marron*, et cinq ans plus tard le capitaine du Vougerais de Garnier, selon les uns, le capitaine de la Boissière, suivant les autres, y apporta des plants de café pris à Moka. Cet arbuste, aux feuilles luisantes, croît à l'ombre des grands arbres, le soleil le tue. Il produit une fève, séparée en deux lobes, qui est le café. A juste titre, ce café de Bourbon passe pour être le premier après celui de l'Arabie, et dans la colonie, celui de Saint-Leu est cité comme préférable à tout autre.

Le tabac se cultive à Bourbon sur une assez petite échelle. Jusqu'ici sa culture était libre. On vient de l'affermer en régie. Il y réussit admirablement, car six mois après avoir semé les graines, sa récolte est faisable. L'on n'y prépare que le tabac en carotte, cultivé et préparé par les affranchis; les Indiens en vendent au prix de trente et quarante centimes le kilog. Si la culture était faite sur une plus grande échelle, ce serait une immense ressource pour la colonie, car la France achète annuellement pour cent millions de francs de tabac à l'étranger. L'Algérie lui en fournit pour un sixième de cette somme, chiffre que Bourbon pourrait atteindre aisément. Le tabac doit être cueilli lorsqu'il est arrivé à sa complète maturité. La feuille est alors marbrée de jaune, cassante, veloutée et boursouflée. Après avoir fait sécher les feuilles, en ayant soin que la dessication ne s'opère pas trop vite, un mois ou six semaines au plus, on les réunit en tas, on les bat, et enfin, on les trie. L'on procède ensuite à l'opération du *manocage*, ce qui consiste à former des paquets appelés *manoques*. Chaque tas est ensuite comprimé et l'on observe bien que la chaleur des masses de feuilles ne dépasse pas trente degrés. Le produit est ensuite mis en vente.

Avant la découverte du *Lea-Island*, le coton de Bourbon passait pour le plus beau du monde et, au commencement de ce siècle, l'on en exportait 50,000 kilogrammes. Aujourd'hui cette culture est à peu près abandonnée.

Le riz et le blé sont aussi fort négligés. Jadis Bourbon en approvisionnait Maurice, aujourd'hui l'Inde et Madagascar lui fournissent son approvisionnement. Saïgon, Arakan, Calcutta, Coringhy, Pondichéry et Karikal sont les principaux entrepôts du riz indien. Le blé vient surtout de Madagascar, il en arrive aussi d'Australie. Le riz de Bourbon est assez variable. En novembre 1868 tels étaient les prix: Riz de Bengale, 20 fr. les 75 kil.; de la côte, 21 fr. 75 c. Le blé de l'Inde valait 17 fr. les 75 kilogrammes.

V

Vanille. — Thé. — Cacao. — Muscade. — Cannelle. — Girofle. — Ravensera. — Gingembre. — Poivre.

Ce que l'on appelle denrées coloniales est aussi cultivé à **Bour-bon** dans une certaine proportion. Le giroflier et le vaniller sont, de préférence, cultivés par les habitants dans les parcs et les jardins. Les vanilleries donnent des bénéfices assez considérables. Pourtant, de 80 à 100 francs qu'elle coûtait jadis, la vanille est tombée à 10 francs le kilogramme, et le vanillon coûte moins cher encore. Il faut des soins exorbitants pour préparer une récolte passable, et le moindre coup de vent peut anéantir en quelques minutes les espérances les plus chères du planteur. La vanille est une plante grimpante, une liane ronde à feuilles oblongues, arrondies à l'extrémité, épaisses et très-charnues; tige et feuilles sont d'un vert pâle. Les fleurs sont blanches, épaisses et ressemblent un peu à la fleur de l'oranger, quoique leurs pétales soient plus allongée. La fécondation de la fleur s'opère artificiellement, et c'est à un Créole, le jardinier Edmond, que l'on doit la découverte de ce fait curieux. La vanille fut introduite à Bourbon par un Lemarchant, en 1717. En 1862, la récolte donna près de douze mille kilogrammes ; elle se vendait alors cent francs.

Le giroflier est un arbre de la famille du myrte. Son produit a été, au commencement du siècle, de 100,000 kilog. Toutes les épices réunies n'en donnent plus aujourd'hui que cinq cents.

Du reste, le cacao, le gingembre, le poivre, ont été déjà fort souvent décrits. Le thé est encore peu florissant dans la colonie. Les premiers essais de sa culture ont été faits par M. le marquis de Château, maire du quartier Saint-Leu.

VI

Fruits d'Europe. — Ananas. — Mango. — Mangoustan. — Letchi. — Bananes. —
Fruits tropicaux en général.

C'est ici que ma manie descriptive pourra se donner libre car-
rière ! Les romanciers ont mis fort à la mode les fruits exotiques
et l'on en parle comme les mythologues parlent de l'ambroisie et
du nectar de l'Olympe. Les deux ou trois douzaines de Robinsons
que l'on me fit lire au collège et qui servent encore de *vade-mecum*
à beaucoup d'écoliers, m'avaient si souvent parlé d'ananas, de
bananes et d'ignames, que je m'imaginais ces fruits tout autres
qu'ils ne sont. Oh ! les bananes de mes rêves......

Les fruits d'Europe viennent assez bien à Bourbon. Pêches, fraises et framboises sont citées avec orgueil par les Créoles qui les prétendent meilleures là-bas que chez nous. La vérité est que les pêches sont petites, âcres et vertes ; les fraises n'ont aucun goût, et les framboises en ont un qui n'est pas celui de la framboise. Le raisin est délicieux. On en fait deux récoltes par an, mais il est rarissime : on le réserve pour la table.

Les fruits tropicaux existent à Bourbon avec une telle variété qu'il me sera impossible de n'en pas omettre quelques-uns. Celui que mes lecteurs connaissent le plus est l'ananas. Je n'hésite pas à l'affirmer, l'ananas, ce roi des fruits, possède un goût qui rappelle à la fois la fraise, la pêche, la poire *et cœtera*. Autrefois il coûtait un louis : pour trois francs on peut maintenant se passer la fantaisie d'en acheter un chez Potel et Chabot. A Bourbon, il coûte un sou. On l'y mange avec du sucre, ce qui le rend détestable. Confit, il ne vaut pas grand chose : son arôme est si délicat qu'il s'évapore facilement. Son *physique* est charmant ; l'on dirait une grosse pomme de pin, terminée par un bouquet de feuilles pointues. Il produit un très-bel effet dans un dessert.

Après l'ananas, un fruit fameux c'est la banane, que l'on appelle figue, à Bourbon. C'est un fruit blanc à l'intérieur, onctueux, se digérant facilement. On en fait d'excellentes omelettes ; les Mozambiques et les Malgaches agglomèrent ensemble des quantités de ces fruits qu'ils pressent, après leur avoir fait subir une certaine préparation. Ils en font ensuite d'énormes *carottes* que l'on peut facilement emporter avec soi. La première fois que je mangeai une banane, il me sembla mordre à même un bâton de pommade ; je finis par m'y accoutumer, et je considère aujourd'hui la banane comme l'un des meilleurs fruits du tropique. Il y en a une infinité d'espèces : la plus grosse est seule appelée par les Créoles *banane ;* la plus petite, un peu moins volumineuse qu'une datte, jaune comme l'or, se nomme *figue mignonne :* elle est d'un goût très-fin. Le bananier croît dans toute espèce de terrain. Son tronc est formé de feuilles concentriques enroulées et fortement serrées, desquelles s'épanouit une touffe de feuilles longues et larges, satinées, d'un beau vert pré. Les régimes de bananes pendent entre ces beaux rubans. Je me souviens d'avoir lu, dans un roman de

M. Capendu, l'histoire d'un homme qui se cacha au sommet d'un
bananier. Cette histoire ressemble à celle qui fait danser les ber-
gers sous la fougère. Un bananier ne peut ni supporter le poids
d'un homme, ni le cacher, par la raison que son tronc est peu
solide et que ses feuilles sont au nombre de sept ou huit au plus.

Le fruit que les Créoles préfèrent à tout autre est la mangue,
appelée par les Anglais mango. Il y en a autant de variétés que
les poires en ont chez nous. La meilleure est la mangue auguste
C'est un fruit d'une forme semblable à celle de la prune, d'un vert
désagréable à l'œil à l'extérieur et d'une belle couleur orangée à
l'intérieur ; sa pulpe est très-juteuse. Il a un goût prononcé d'es-
sence de thérébenthine auquel on s'accoutume facilement. Les
Européens déclarent ce fruit détestable : je le trouve assez bon,
très-désaltérant, mais je lui préfère une simple poire bonchrétien.
L'on fait avec la mangue d'excellentes confitures. Lorsqu'elle est
verte on en fait des hâchis pour manger avec le bœuf et du *rougaï*,
sur lequel nous reviendrons plus tard.

Le mangoustan vient de la Chine. C'est un fruit, dit-on, très-
délicat, mais j'en parle seulement pour mémoire, car je n'en ai
jamais vu ni mangé. Je n'en dirai pas autant de son compatriote
le letchi. Confucius et la belle Pan-Hoei-Pan ont dû, plus d'une fois,
puiser leurs inspirations religieuses ou poétiques dans la dégus-
tation de cette pulpe laiteuse, dont le goût est celui du raisin
muscat. Les grappes de letchi, d'un beau rouge, font un charmant
effet au milieu d'une corbeille de fleurs et leur nuance claire s'ac-
corde bien avec la teinte amaranthe de la gouyave, et la couleur
jaune de la bibasse. La gouyave, gros fruit rempli de pepins, possède un parfum très-violent et n'est bonne qu'à faire des confitures.
La bibasse et la nèfle du Japon sont sœurs. L'avocat, que les Mexi-
cains nomment *ahuaca* et les Espagnols *aoucate*, est une sorte de
crème blanche, onctueuse, que l'on assaisonne pour la manger
avec du jus d'orange, du rhum, ou du vin de madère. Son nom
bizarre le fait remarquer, mais j'avoue qu'il n'a pas grande
saveur.

Le papaye — encore un fruit à confiture — est une espèce de
melon, de forme *pyroïde* (oh !) qui sort du tronc d'un arbre nommé
papayer. L'on mange ce fruit à la cuiller ; les Anglais l'assaison-

nent avec ses propres graines qui sont aussi fortes que le poivre. Le cœur-de-bœuf, le jaque, le mambolo, la lime et la prune de Madagascar, sont comme la papaye, assez peu estimés. Ils sont loin de valoir nos fruits d'Europe. Le coing de Chine, la datte, le fruit à pain, le melon et la pastèque, méritent une semblable réprobation, quoique leur saveur soit cependant plus agréable.

Chaque fois que j'ai l'occasion de parler de mon trop court voyage, mes interlocuteurs m'entretiennent du coco.

— Oh ! vous avez vu du coco !... Vous avez mangé du coco ?... Est-ce bon le coco ?

Coco vous-même ! Ce fruit n'est pas ce qu'un vain peuple pense. La chair de l'amande n'a pas plus de goût qu'une pâte sans levain... l'eau, que les romanciers ont transformée en lait, n'a pas d'autre mérite que d'être très-fraîche, même pendant les fortes chaleurs. Il donne de mauvaise huile. Sa bourre sert à faire des cordages peu solides. Son enveloppe est dure et ne s'ouvre que par une suture. Le cocotier, avec son tronc lisse, le maigre panache de feuille hissé à son sommet, ne ressemble pas mal aux arbres de nos boulevards, qui sont des manches à balais. Il est aux pays des tropiques, ce que le sapin est aux pays du Nord. Il ne donne pas d'ombrage, il est triste, laid, sans couleur, sans forme. Ah! laissez-moi tranquille avec votre coco. Je préfère mes grands sapins.

> Chœur végétal, symphonie, orgue immense
> Qui darde au ciel d'innombrables tuyaux,

Comme a dit le chansonnier Dupont.

Une forêt de cocotiers ressemble à une collection d'énormes gourdins ou de pinceaux usés rangés en bataille; le sapin, avec ses feuilles dentelées, son tronc rugueux, ses branches en éventails, nous rappelle ces gothiques basiliques à l'architecture desquelles il a servi de modèle.

A Bourbon, la famille des orangers a produit une immense variété de fruits : citrons, cedrats, ponias, mandarines, vancossayes et pamplemousses. Le dernier de ces fruits est devenu célèbre par le roman de Bernardin de Saint-Pierre, Paul et Virginie , que j'avoue humblement n'avoir jamais lu. A propos de ces deux infortunés jeunes gens, bien qu'ils n'aient jamais existé, l'on montre encore le tombeau de ces deux parfaits modèles de l'amour « pensionnaire ».

qui se rend compte qu'il a lamentablement allé trop vite. sur
ce qu'il s'ichappe à voir la maison... à pence cela il a mieux
à ... les ... demeures celle-là ... de faire à peu près.
autant à remonter de la rue. lesquelles de la rue aux
remonte...

VII

Les légumes de la France réussissent très-bien à Bourbon. L'on y cultive des choux-fleurs, des betteraves, des carottes, des oignons, des concombres, des artichauts, des raves, et en général tous les légumes de nos jardins. Ils sont néanmoins, comme saveur, inférieurs aux nôtres.

Ainsi la pomme de terre est fort petite, d'un goût sûr; la cambare ou igname, sorte de pomme de terre hindoue, atteint, au contraire, d'énormes proportions. L'on en trouve qui pèsent une livre. La patate est de la même famille. Sa forme est oblongue; elle est d'un gris cendré violacé, son goût est sucré, un peu fade.

Les légumes de Bourbon sont pittoresquement appelés *vivres*. En faire une description complète me serait difficile. Je citerai seulement le *manioc*, dont l'énorme racine pèse quelquefois cinq ou six livres. C'est un aliment que l'on abandonne aux noirs

Quelquefois, néanmoins, il apparaît sur les tables créoles, mais sa forme, sa couleur et son goût ont si bien été déguisé qu'il est méconnaissable. Les *brèdes* sont des légumes herbacés qui se divisent en brède-martin, brède-morelle, brède-malabare, brède-d'angole, brède-lastron. Les jardins renferment encore le piment, les marganzes, les pipangages, les pafolles, les talos, les choucroutes et les calebasse — de la famille des cucurbitacées — les voêmes et les ambrevades, ou cytise des Indes.

J'aurai, sans doute, occasion de revenir sur ces productions, lorsque je tracerai une esquisse rapide de l'art culinaire à Bourbon.

VIII

De tous les arbres de Bourbon, celui dont le souvenir restera le plus longtemps dans ma mémoire, c'est le *filaos*. Une tige droite et polie, élevée comme celle d'un peuplier d'Italie, d'où s'échappent mille branches minces ornées de filaments plus ternes encore que ceux de l'if, d'un vert sombre comme celui des sapins; tel est le filaos. Le vent souffle à travers les branches : il les agite et les remue comme les plumes que l'on abandonne à la brise du soir; il les fait choquer entre elles; il en tire un son harmonieux semblable à celui que murmuraient jadis les harpes éoliennes tendues à la cîme des tours féodales. Aucune mélodie n'est comparable à la cantilène que chantent les filaos lorsqu'ils sont caressés par zéphyre. La nuit, alors que l'exilé se promène dans les bois, recueillant ses pensées, jetant un long regard d'espérance vers la terre natale, donnant un souvenir à la mère qui rêve à son fils, au père qui s'assied devant la maison et qui parle à tous venants du fils qu'il sait au-delà des mers; dans ces heures charmantes et mélancoliques où le cœur chante l'hymne sacrée des beaux souvenirs de l'enfance; où l'on entend, dans son âme, la mélopée des :

— T'en souviens tu?...

Le filaos répond à ces voix du passé, à ces pensées pleines en même temps de joie et d'amertume. Son doux murmure prononce des noms aimés; gazouille la cantilène des premières amours; parodie le ramage babillard des rossignols d'Europe; psalmodie les chants sacrés de l'Eglise; imite les sons majestueux de l'orgue... Il tonne, il mugit, il murmure, il sanglotte... Et l'enfant, et l'homme, et l'exilé, retrouve dans les accents de cet arbre béni des souvenirs joyeux et des tristesses inconnues.

Rien n'est comparable à l'harmonie du filaos; rien n'exprime plus de poésie que son aspect.

Il est un autre arbuste qui s'élève parfois aussi haut que nos plus grands arbres. Sa tige noueuse, ses feuilles lancéolées, d'un vert glauque le font ressembler aux saules qui bordent nos rivières. C'est le bambou. A lui aussi le vent donne une harmonie sauvage; quand la cîme du bambou se penche sous les efforts de la brise, l'on croirait entendre le morne croassement d'une armée de corbeaux. Le bambou, avec son feuillage touffu, donne une ombre épaisse et forme, dans les paysages, des bosquets admirables de forme et de couleur. Il a son utilité, et tout le monde sait quels travaux les Chinois et les Indiens exécutent avec la tige légère de ce roseau arborescent.

Autrefois, pendant que la Révolution secouait, comme une fièvre épouvantable secoue un corps humain, la vieille Europe qui tremblait d'effroi, les colonies françaises se bornaient à imaginer de ravissantes plaisanteries et d'innocentes mystifications. Ainsi, pour devenir citoyen actif, il fallait posséder, outre un cochon et une poule, deux arbres de *bois noir*. C'était un symbole mystérieux : on le comprendra lorsque j'aurai dit ce qu'il produit et ce qu'il détruit. Le *bois noir*, *diospyros melanida*, est ce que nous appelons ébène. On en fait de grandes charpentes; le charbon qu'il donne est très-recherché; il couvre de son ombre les plants de café; ses feuilles sont d'un engrais excellent. Mais, s'il vivifie, il tue aussi. Lorsqu'il sèche, il faut le couper et faire disparaître les moindres débris de ces racines, car elles seraient fatales aux caféiers qui croissent sous son ombre.

Il est un arbre que l'on a récemment naturalisé à Bourbon, c'est l'*encalyptus* de la Nouvelle-Hollande. Ce végétal est très-singulier. Les feuilles de ses rameaux les plus rapprochées de la terre sont d'un vert blanchâtre, tandis que celles de la cîme prennent une couleur très-foncée. Ses feuilles ont une odeur qui se rapproche de celles de la bruyère. Il n'est, je crois, employé que comme ornement, car il n'atteint pas, à Bourbon, des proportions bien considérables. Dans certaines régions de l'Australie, restées ignorées jusqu'ici, l'on a trouvé des troncs d'encalyptus (*amygdalina*) mesurant 420 à 480 pieds. A Dandenouy, l'on a vu un encalyptus dont la première branche était à trois cents pieds du sol. Dans les montagnes de Berwick, l'on a découvert un de ces arbres ayant q atre-vingts pieds de circonférence et cinq cents de hauteur. Cet arbre pourrait donc couvrir de son ombre la flèche de Strasbourg et même la grande pyramide de Cheops.

Parmi les bois de construction, l'on cite à Bourbon les bois de fer, le benjoin, le bois puant, le grand et le petit natte, ainsi que le gouyavier « marron ». Le bancoulier, les deux tacamaaka, le rougle et le tom rougé sont moins souvent employés. Le bois de fer est d'une extrême dureté; il est incorruptible dans l'eau, à ce qu'on affirme. Le benjoin diminue de plus en plus; il n'est guère employé qu'au charronnag . On en construisait autrefois des pirogues. Le teck de l'Inde, que les Créoles nomment bois puant et que les botanistes appellent *fœtid;æ maurritiana*, est compacte, incorruptible et fort lourd, puisque le mètre cube pèse 1250 kil. Il en perd 92 en séchant. La sève de ce végétal corrode le fer. La natte est un très-beau bois, dur, à grain serré, d'un rouge brun veiné de rouge-clair; on en construit la plupart des maisons, et les bardeaux qu'on en tire font office de tuiles. Il sert aussi à confectionner des meubles qui sont fort beaux lorsque le natte est bien poli et verni. Teint en noir il imite l'ébène. C'est avec le teck, le seul bois que les aimables cancrelats ne peuvent attaquer. On se sert pour cela du natte à petites feuilles que l'on appelle petite natte.

Avec le jacquier, bois veiné d'un jaune d'or, les Créoles font de

charmants petits meubles qu'ils ornent de marqueterie : des gué-
ridons, des tabourets, des étagères, etc. Il donne un fruit monstrueux à la peau rugueuse et d'une odeur fétide, dont les noirs sont
très-friands et qui remplace pour eux les mouches cantharides que
débitent — on sait pourquoi — nos pharmaciens.

A cette longue nomenclature, j'ajouterai le cinchona que les
RR. PP. missionnaires du Saint-Esprit cherchent à naturaliser
dans les plantations de leur pénitencier de l'Ilette-à-Guillaume.
Cette source de richesses pour la colonie sera encore augmentée,
puisque l'on est parvenu à conserver l'arbre qui donne le quin-
quina, après l'avoir dépouillé de son écorce. L'écorce qui repousse
est, dit-on, plus riche en quinine que la première.

LES HOMMES

RACE NOIRE

I

L'esclavage. — L'engagement. — Immigration. — Condition actuelle des noirs. —
Pourquoi l'on ne dit pas nègre.

La population de l'île Bourbon est de deux cent mille habitants,
dont soixante-dix mille immigrants et huit à neuf mille âmes de
population flottante. L'esclavage ne règne plus à Bourbon. Il n'y a
pas longtemps encore qu'il existait dans toute son horreur. Un
jour, je vis une femme noire, dont le visage défiguré portait de
nombreuses cicatrices ; elle n'avait plus ni cils ni sourcils ; sa lèvre
supérieure, fendue, laissait à découvert ses dents ; ses oreilles
avaient été coupées. Je lui demandai pourquoi on l'avait ainsi
mutilée. Elle me répondit, sans fiel, sans indignation :

— Ça souvenir de l'esclavaze, messié. Mossié mon maître l'a vouli pinir à moin, pasque m'a voulait pas...

Je me dispenserai de continuer sa phrase.

— Vous devez bien le haïr, votre maître, lui dis-je ?

— Haïr ? mi connais pas, messié ! mi veut pas mal à li... Bon Dié connaît... Bon Dié pâdonne.

Un propriétaire, qu'il est inutile de nommer, faisait fouetter ses esclaves pour la moindre des petites fautes. C'est un grand démocrate, désolé de ne pouvoir traiter ses engagés comme il traitait ses esclaves. Ce qui ne l'a pas empêché de dire, un jour, à l'un de nos amis :

— Lorsque j'ai gardé un engagé pendant cinq ans, j'en ai tiré tout ce qu'on en peut prendre. Il devient comme un limon dont on a exprimé tout le jus. Faites comme moi, vous vous en trouverez bien.

Dans certaines familles, néanmoins, il n'en était pas ainsi.

Je ne puis me permettre de citer leurs noms ici, mais ces noms sont écrits en lettres d'or dans les cœurs de beaucoup d'ouvriers esclaves qui bénissent et béniront à jamais les nobles propriétaires de Saint-Gilles, de la Rivière-des-Pluies, de l'Ermitage, de Corbeil et de Domenjod.

Le 20 octobre 1848, sous le gouvernement du capitaine de vaisseau Graëb, l'esclavage fut déclaré aboli, au nom de la France par M. Sarda-Garriga, commissaire général de la République. Les esclaves accueillirent avec joie, mais avec un calme étonnant l'annonce de leur libération. Ils s'engagèrent à servir comme *engagés* les propriétaires de la colonie, mais tous ceux qui purent justifier de moyens d'existence furent dispensés d'engagement. Chaque propriétaire reçut une indemnité de 733 francs par tête d'esclave, et ceux-ci étaient au nombre de *soixante mille cent-soixante et un ;* la population était alors d'un quart moins élevé qu'aujourd'hui. Pour contenter tout le monde, une jolie pension fut votée à M. Sarda-Garriga.

Pour tout dire, l'abolition de l'esclavage ne produisit pas des résultats brillants; entre les mains des noirs, la liberté était ce qu'une lyre serait entre les mains d'un enfant à la mamelle : ils n'en savaient que faire. Ce fut l'origine du paupérisme dans nos colonies, car le noir, paresseux comme il est, préfère la misère au travail. Fier de son nouveau titre de citoyen, titre qu'il consacre en se chaussant, tandis que les engagés vont pieds nus, l'affranchi refusa de travailler, ce qu'il considérait comme fort au-dessus de sa condition. Il se croit, encore aujourd'hui, un fort haut personnage.

Un ouvrier, noir comme l'ébène, à qui son patron donnait une petite réprimande, lui répondit, furieux :

— Monsieur, je ne vous reconnais pas le droit de me faire des reproches, attendu que je suis *blanc* comme vous.

Et le patron de pouffer de rire au nez de son ouvrier.

L'orgueil du noir affranchi et du mulâtre sont tels, qu'ils ne veulent point user des mêmes mots que notre classe laborieuse d'Europe. Un ouvrier s'appelle, à Bourbon, un « employé » et l'atelier se transforme en « bureau ». Il faudrait bien se garder de prononcer le mot *nègre*. Nègre est synonime d'esclave. C'est la plus terrible injure que l'on puisse adresser à un homme, fût-il de la couleur de l'ébène. Entre parenthèse, il n'y a rien de si faux que le proverbe : *Travailler comme un nègre.* Vingt nègres ne font pas le travail d'un bon ouvrier parisien.

L'engagement ou immigration est encore une barrière à la prétendue liberté des noirs. Loin de moi la pensée d'examiner, au point de vue social, les avantages ou les inconvénients de cette façon d'agir. Il me plaît seulement d'en faire connaître l'existence, et de dire, en un mot, comment les choses se passent.

Or, à mon avis, l'engagement est un esclavage à temps. Le maître, autrefois, considérait l'esclave comme une bête de somme ; il le traitait en conséquence : un homme valait de mille à cinq mille francs. S'il mourait, c'était une perte sèche. Le maître devait, en outre, nourrir les enfants de son esclave, qui lui appartenaient et ne coûtaient rien. Aujourd'hui, que l'engagé meure c'est une perte minime. Peu importe qu'il soit marié, père de famille : les enfants sont à lui et ne sont plus au maître. Ils meurent de misère, ils vivent, ils fuient, peu lui chaut !

Les côtes de l'Afrique et de l'Inde sont les principaux centres du trafic de la chair humaine. Les immigrants ou *Coolies* sont bien malheureux dans leurs pays. Dans l'Inde, ils sont pauvres, sujets à des maladies terribles ; en Afrique, les différentes peuplades sont continuellement en guerre, et les prisonniers de guerre sont masgés ! L'on conçoit donc facilement qu'ils n'aient pas, outre mesure, l'amour de la patrie et qu'ils soient très-heureux d'abandonner leurs pénates. Cependant, les Indiens ne quittent jamais l'Inde sons espoir de retour.

Beaucoup d'entr'eux vont se réfugier dans nos colonies françaises; là, moyennant une prime, l'Indien vend sa liberté pour quelques années. De cette prime dérisoire, il ne touche qu'une faible partie ; on lui vend à un prix exorbitant la culotte et le gilet qu'il est obligé d'endosser. Avant qu'il s'habille on le visite minutieusement. Il ne faut pas qu'il y ait, dans cette marchandise, des non-valeurs : s'il n'est pas robuste, fort, bien fort, bien portant, l'on n'en veut à aucun prix. Une fois engagé, il devient un *colis* et on l'embarque. Est-il marié, a-t-il des enfants, il ne peut les emmener avec lui. La loi ne le considère point comme marié, sous le prétexte que les religions de l'Inde ne reconnaissent pas l'indissolubilité du mariage. Et pourtant cet homme est dès lors administré, jugé et condamné, cas échéant, non par les lois de son pays qu'on lui applique en ce cas, mais par les lois de la France dont il devient citoyen ·

En un mot, l'on use, pour se procurer des « travailleurs libres » — ô dérision de la langue de de Maistre ! des mêmes moyens qu'employaient, sous l'ancien régime, les recruteurs de soldats.

Il est une seconde manière de procéder. Les Annamites que l'on fait prisonniers, dans la guerre de conquête que la France a entrepris en Cochinchine, sont envoyés à Bourbon. Il n'est pas rare de voir, dans les journaux de Saint-Denis, des annonces ainsi conçues :

— « Le convoi d'Annamites arrivé par le navire... sera distribué aux personnes qui se feront inscrire à la Direction de l'Intérieur.

Le prix de la cession est fixé à 100 francs. »

Il en arrive comme cela, cent ou cent-cinquante, sept ou huit fois par an. Que d'encre on a dépensée pour anathématiser les Africains d'Algérie, de Tunis et de Tripoli, qui enlevaient des chrétiens et les vendaient comme esclaves ! Et si les Annamites faisaient des prisonniers de guerre pour les détenir comme engagés plus ou moins « volontaires », que de poudre l'on dépenserait, pour leur prouver qu'ils ne sont que des barbares.

Lorsque « les travailleurs libres » sont libérés de leur engagement et qu'ils demandent à résider temporairement dans la colo-

aie, ils doivent payer une taxe annuelle imposée sur leur permis
de séjour. Les engagés déserteurs, appartenant aux particuliers, sont,
lorsqu'on les rattrappe, soumis à une taxe de deux francs cinquante
centimes. Cette somme doit être remboursée à la commune qui en
fait l'avance, par dix journées de travail, et payée aux communes
par le propriétaire, pour les déserteurs recidivistes. Douze heures
de travail par jour, à vingt-cinq centimes, ce n'est pas cher !

N'était l'immoralité de ce trafic de chair humaine, il n'y aurait
que des éloges à donner aux Créoles de Bourbon pour la façon
pleine d'humanité dont ils traitent leurs engagés. Ces prolétaires
sont en effet, bien traités, lorsqu'ils travaillent consciencieuse-
ment. On leur donne de sept à huit francs de gages ; ils reçoivent,
en outre, douze pintes de riz par semaine, et un peu de sel. On
ne leur doit rien de plus. Ils ne sont point battus *officiellement*.
Une taloche par-ci par-là est quelquefois nécessaire, avec les Malabars surtout. Ils ne s'en formalisent guère, et, pourvu que le
maître paye, ils sont contents.

Dans les familles riches, on leur fait souvent de petits présents.

En somme, leur condition n'est pas trop malheureuse ; ils sont
à plaindre, parce qu'ils n'ont point de famille, point d'amis.

II

Indiens. — Indous. — Malabars. — Chinois. — Annamites. — Malais.

Lorsque j'arrivai à Bourbon, mes nerfs étaient désagréablement agacés par le nom d'Indien que l'on donne aux habitants de l'Inde. Il me semblait que ce nom devait être exclusivement réservé aux peuplades américaines, dont Gustave Aimard et Gabriel Ferry ont décrit, avec tant de talent et d'esprit, les mœurs, les coutumes et la vie. On me fit observer que le nom d'Indien appartient aux enfants de l'Inde, par droit de chronologie, tandis que l'Amérique nommée Inde occidentale au moment de sa découverte, fit usurper à ses tribus sauvages le titre d'Indien qui ne leur appartenait pas. L'on me fit aussi comprendre que l'Indoustan n'est, comme le Bengale, le Nepaul, le Pendjaub qu'une fraction, importante il est vrai, de la presqu'île indienne.

Les Indiens qui font partie de la population de Bourbon appartiennent à différentes races de l'Inde. Le plus grand nombre vient de la côte de Malabar, située entre le cap Canarien et la possession portugaise de Goa, entre les 15° et 10° de latitude nord. La France possède une colonie de 5000 habitants, Mahé, vers le centre de la côte. Par extension, les Indiens venus de là ont reçu le nom de *Malabars.* Ils conservent scrupuleusement à Bourbon leurs différences de castes et leurs religions.

Le malabar est obséquieux, servile et... voleur. Il permet à son maître de le traiter comme bon lui semble, rampe et tremble devant lui. En revanche, il ne perd aucune occasion de s'enrichir à ses dépens. Lorsqu'il est libéré de son engagement, il emploie les économies provenant de ses gages et de ses rapines, à monter un petit commerce d'épiceries ou de liqueurs. Il en est qui sont devenus très-riches à ce métier-là, et qui se disposent à retourner dans l'Inde, après s'être bien repus aux dépens des Créoles. Très industrieux, ils se font un point d'honneur de duper leurs clients. Leur effronterie n'a d'égale que leur soif de lucre.

Il en est un certain nombre qui se convertissent au christianisme. Quelques-uns restent fidèles ; beaucoup de ceux qui rentrent dans leur patrie, apostasient. Ils sont trop sensuels, trop féroces, pour devenir ce que le Christ veut faire de ses disciples : des hommes chaste, humbles et doux. C'est pourquoi les missionnaires sont obligés d'agir avec prudence vis-à-vis de ces pauvres gens. Ils ont à Saint-Denis, une église particulière, Saint-Thomas, où un père Jésuite leur fait des instructions en langue tamul, en malabar et en telinga. La plupart d'entre eux sont peu instruits. J'en ai rencontré un cependant qui savait lire et écrire en français, et qui passait pour fort savant parmi ses concitoyens. Il m'étonna par l'étendue de ses connaissances sur l'histoire et la théogonie de l'Inde. Il connaissait aussi la médecine et pratiquait volontiers la sorcellerie.

Les noms des Malabars sont assez singuliers. Je ne puis résister au désir d'en citer quelques-uns ; les orientalistes y découvriront le rang et la caste de ceux à qui ils appartiennent : Pitché Nagou-Valtiligom, Periacouty, Diahinave-Gouljaria-Mangor Soupramaniam-Ongani, Ramsamy-Angassamy, Moutoussamy Caroupin, Naraganassamy Poïnama. Lorsqu'on interpelle un Indien, il est de règle de lui donner le titre d'*Ayah,* qui signifie seigneur.

Les Malabars sont généralement de petite taille, ils sont lestes

agiles, bien membrés; leurs traits sont accentués, leurs cheveux
et leurs barbe, noirs, soyeux et luisants, frisent naturellement;
leur peau est plutôt bronzée qu'entièrement noire. Ils aiment
les bijoux, et portent presque tous des chaînes, des bagues et des
anneaux d'argent. Leurs femmes préfèrent l'or, mais elles porte-
raient du fer, plutôt que d'étaler du cuivre doré. Ceux des Indiens
qui ont adopté le pantalon et la veste de toile bleue des Créoles ont
conservé le béret carré distinctif de leur race; les uns l'ont en
velours ou en satin, les plus pauvres l'ont en drap. Les femmes se
drapent dans une pièce d'étoffe aux vives couleurs; elles portent
au nez un joyau d'or. Les lobes de leurs oreilles, distendus par le
poids énorme des quantités de boucles qu'elles y suspendent,
viennent caresser leurs épaules nues. Elles font de leurs cheveux
un gros chignon qu'elles portent sur le côté droit de la tête.
Leurs doigts sont chargés de bagues au chaton énorme, gravé ou
ciselé.

Les Chinois, à Bourbon, se font domestiques ou marchands. Ils
ont apporté là leur avarice proverbiale, et leur habileté bien
connue. Un malabar est voleur comme dix cafres; un Annamite,
comme dix Malabars; un Chinois, comme dix Annamites. Les Chinois
sont très-industrieux, sobres, patients, économes et travailleurs.
Sous ce rapport, ils sont les Écossais de l'Asie. Presque tous ont
conservé leur grande queue tressée qu'ils enroulent autour de la
tête, lorsqu'ils se déguisent en Européen. Leur type est trop connu
pour que je le décrive.

Ils n'amènent point de femmes avec eux, mais ils vivent avec des
mulâtresses et méprisent leurs femmes noires. Leurs boutiques
sont encombrées d'imitation et de contrefaçons des objets d'art
fabriqués en Chine. Ils savent vendre très-cher, et réalisent, à petit
bruit, des bénéfices assez ronds. Généralement, ils sont assez
méprisés.

Les Annamites sont des Chinois, moins la bassesse, plus la férocité. Ils sont mauvais compagnons, querelleurs, vindicatifs, peu
sociables. Ils parlent les langues tonquine et cochinchinoise, et
suivent la religion de Boudha.

L'on sait que la France a conquis récemment une grande partie
de la Cochinchine. Elle y possède un certain nombre de provinces
et une ville maritime, Saïgon, importante par son commerce.

Il n'y a plus, à Bourbon, que très-peu de Malais. Ce sont, en général, d'anciens esclaves, que les négriers étaient allés arracher à
leur pays et à leurs familles. Ils se sont implantés dans l'île, et y
ont fait souche. Les îles de la Sonde, les Philippines et les Molu-
ques, fournissaient aussi quelques esclaves; mais depuis bien
longtemps, on a cessé le commerce de la chair noire, et les habitants de ces îles préfèrent demeurer tranquillement chez eux.

III

Cafres. — Malgaches.

Les Cafres sont en assez grand nombre à Bourbon. L'on désigne sous ce titre générique tous les membres des différentes races africaines. Ils sont reconnaissables à leurs cheveux crépus, à leur peau d'un noir sale, à leur type *nègre*, type dont les traits caractéristiques sont la grandeur de la bouche, la blancheur des dents et la forme du nez, lequel est très-épaté. Le nom cafre signifie infidèle ; il a été donné par les Arabes mahométans aux habitants de la côte d'Afrique, située entre le Congo et les possessions portugaises de Mozambique. La Cafrerie, proprement dite, fut découverte par Vasco de Gama en 1498. Elle est habitée par une infinité de peuplades : les Koussas, les Tamboukis, les Monboukis, les Yombouzes, les Botougas, les Maguinis, et une foule de tribus qui occupent l'immense territoire, d'au moins quatre cents lieues carrées, qui s'étendent entre la Hotentotie, la côte de Mozambique, le

Congo et la Cimbébasie, contrée dominée par le plateau du grand désert situé au nord du pays des Hottentots.

Les Cafres sont, en général, moins intelligents que les Malabars, les Chinois et les Annamites. En revanche, ils sont d'une force herculéenne. La civilisation radoucit leur caractère, mais elle ne peut leur faire perdre leur naïveté. Ainsi, un jour que l'un de mes amis rudoyait un peu son cuisinier, cafre d'une taille de géant, celui-ci lui dit avec une douleur bien sentie :

— Pourquoi vous y gronde à moin com'ça ? Mi bon noir, mossié, bon noir même ! Moi v'là huit ans que l'a pas tié ça du monde!

Ce que je traduis pour ceux de nos lecteurs qui ne seraient pas au courant du langage créole :

— Pourquoi me grondez-vous ainsi ? je suis un bonhomme, monsieur, un excellent homme, *il y a huit ans que je n'ai tué personne ! ! !*

Le Cafre est aussi voleur, mais il déguise ce vice et se contente, au lieu de prendre purement et simplement l'argent dans votre poche, de bénificier sur les achats que son maître lui fait faire. Il pratique *l'anse du panier.* Il s'attache facilement, il est fidèle, reconnaissant, affectueux. Le Malabar, au contraire, est ingrat. Un Créole, M. M., avait recueilli chez lui un petit Indien de sept ans, orphelin, auquel il donna de bons gages; lorsque l'enfant pût le servir, vingt ans plus tard, cet Indien trouva une occcasion de gagner une roupie de plus chaque mois, (2,50). Il s'empressa de quitter son bienfaiteur qui, dès-lors, ne le revit jamais. Le Cafre serait incapable d'agir ainsi. Il a plus de rudesse, plus de rusticité apparente que le Malabar; il s'exprime en moins bons termes ; il est moins respectueux, mais il a bon cœur, s'attendrit facilement. Il connaît ce mal terrible, la nostalgie. J'ai vu, à l'Ilette-à-Guillaume, un vieux Cafre affranchi, qui depuis trente ans au moins avait quitté son pays : chaque matin il chantait encore le chant de guerre de sa tribu, chant qui ne manquait pas d'harmonie. Beaucoup d'entre eux se tatouent encore le visage, en plissant leur peau sur le nez et le front, ce qui forme des « grains de mahi. »

Les Cafres, une fois convertis, font d'assez bons chrétiens. Ils n'aspotaient pas comme les Indiens : du reste, il en est peu qui retournent en Cafrerie. Si l'on pouvait les guérir de la manie du vol et diriger les idées qu'ils ont au sujet du mariage et du concubinage, ils formeraient d'excellents citoyens.

Malheureusement, c'est aussi difficile que de transformer leur couleur.

Les habitants de Madagascar se divisent en plusieurs classes et castes. Il y a les *Manamboninahitra*, ou grands-honneurs ; les *Andriambaventy* ou grands-juges ; les *Andriannasina-Valona*, ou nobles, et les *lehibe* ou *Makadùribe*, grands du peuple. La noblesse est constituée à Tanni-Bé, comme l'était la noblesse européenne aux primitives époques féodales. Le mot Ra, initiatif d'un nom, est le signe distinctif de la noblesse, et remplace la particule considérée chez nous, — à tort, — comme signe nobiliaire. Il y a même à Madagascar des titres étrangers. Le roi Radama II avait créé duc d'Emirne, le célèbre M. Lambert. Chacun sait que la reine actuelle se nomme *Ranavalo Manjaka ni Madagascar*. Manjaka signifie reine. Parmi les princes de sa cour, l'un, M. le prince Augustin Fiche, a été élevé à Paris ; sa cour est fort riche.

Madagascar est habité par deux peuples de races différentes : les Hovas et les Sakalaves. Je ne sais à laquelle de ces deux races appartiennent les Malgaches que j'ai vu à l'île Bourbon. Leur caractère est difficile à analyser. Ils sont encore à moitié plongés dans la barbarie. Ce sont, je crois, de bons travailleurs. Ils sont intelligents, adroits, exécutent des travaux véritablement artistiques. Leur type n'est point laid : il ne faudrait point prendre pour modèle le portrait de *Massa* que je joins à ce récit. Comme on peut le voir, les Malgaches divisent leurs cheveux en une quantité de petite tresses qui flottent sur leur tête et leur donnent un aspect étrange. Leurs femmes s'enveloppent dans un *lamba*, longue et belle pièce de toile, d'une couleur maïs rayée de linteaux écarlates.

Les PP. Jésuites ont créé à Notre-Dame de la Ressource, près de Saint-Denis, une maison où ils élèvent un grand nombre d'enfants Malgaches des deux sexes.

IV

Mulâtres et Mulâtresses.

Voici un sujet très-délicat et que je voudrais bien être dispensé
de traiter. Le croisement des races produit-il un bon ou un mauvais résultat ? Cette question m'a souvent été posée et m'a toujours
embarrassé. Je ne veux point y répondre encore, je me contenterai
de dire ce que j'ai vu, sans ajouter et sans retrancher une seule de
nos impressions. Les mulâtres, chacun le sait, sont le produit de
l'union d'un blanc et d'une femme noire ; leur couleur participe à
la foi de leur père et de leur mère ; leurs traits, généralement
beaux, sont un singulier mélange de deux types absolument dis-
semblables, suivant leur degré, on les divisait jadis en mulâtres,
métis, quarterons, griffes, etc. Aujourd'hui on les appelle respec-
tueusement « hommes libres de couleur ». Ils sont généralement
beaux, je l'ai dit, intelligents, aptes au travail, mais leur orgueil,
leur vanité, leur fierté n'ont pas de bornes. Leurs instincts na-

turels sont rarement bons. Ils prennent des deux races dont ils son'
le produit les vices et les travers particuliers à chacune d'elles. Ils ont
aussi des vertus. On l'a souvent répété, et je le répète encore, les
mulâtres forment aux colonies une classe à part, que l'on tient à honneur de ne pas fréquenter. Certaines familles, dans lesquelles une
alliance noire a eu lieu depuis cinq ou six générations déjà, sont
considérées comme étant « de couleur » bien qu'aux yeux des
étrangers, les membres de ces familles ne différencient nullement
des véritables blancs. Les mulâtres ont beau être riches, jouir de
positions sociales élevées : on ne les voit pas ; on les exclut du
salon, voire de l'Eglise où ils ont des places à part. Un blanc
épouserait la fille d'un mulâtre, ce mulâtre fût-il magistrat, officier
supérieur, fonctionnaire public, il serait frappé de la même réprobation. A quelle cause faut-il attribuer ce mépris haineux des
Créoles pour les gens de couleur ? Est-ce leur origine illégitime ?
Est-ce désir de conserver intacte la race caucasienne ? Je l'ignore,
ou plutôt je veux l'ignorer. Je me borne donc à constater le
fait.

Un jour, pendant les premiers temps de mon arrivée dans la
colonie, je me plaçai à côté d'un mulâtre, à la Messe ; en sortant
de la cathédrale, je fus vivement apostrophé par un de mes amis,
qui me dit :

— Encore une inconvenance comme celle que vous venez de
commettre, et vous êtes... coulé !

— Qu'ai-je donc fait ? lui demandai-je, étonné.

— Comment ! vous n'avez pas de honte d'aller vous placer à côté
d'un homme de couleur, lorsqu'il y a des places réservées aux
blancs ?

Ainsi, même à l'Eglise où l'égalité devrait régner plutôt que
partout ailleurs, les mulâtres sont relégués dans un coin, parqués
comme des brebis galeuses.

Les mulâtresses — que l'on nomme femmes de couleur — sont
d'une rare beauté. Tout aussi bien que les dames parisiennes, elles
raffolent de la toilette, et concilient un luxe insensé avec les habitudes créoles. J'en ai souvent rencontré qui, au gros de la chaleur,
avec des robes de satin, des manteaux de velours, étaient nu-pieds
et nu-tête. Celles qui sont moins riches se contentent de l'indienne,
mais quelle indienne ! Des fleurs, des oiseaux, des ramages, peints

en couleurs éclatantes, sur un fond rose-vif, bleu tendre, ou jaune
citron. Cela tire l'œil à cent pas ! Jamais la robe courte ne pénètrera
aux colonies. L'on aime le solide, le cossu, les robes traînantes,
les manteaux largement étoffés. Ces mulâtresses exercent divers
métiers ; le plus honnête est celui de logeuse en garni. La non-
chalance et la paresse vont de pair chez elles avec cette prodigieuse activité qu'elle déploient lorsqu'il s'agit de montrer une
toilette inédite. Elles sont naïves, crédules et superstitieuses. Très-
dévouées, très-affectueuses, elles font de bonnes femmes de mé-
nage. Leur coquetterie et leur galanterie sont proverbiales.

Telle sont, mon cher lecteur, les notes que je puis vous fournir
sur les différentes races noires qui habitent la perle de nos colonies. Je vais maintenant, si vous le voulez bien, vous entretenir
un instant de la manière de vivre adoptée sous le beau ciel bleu
de cette île chérie, dont le souvenir me fait souvent répéter les
vers du poète créole :

            .... O mon île ! ô Bourbon !
   Je t'admire et je t'aime, et toujours sur ma lyre
        Résonnera ton nom.

LA VIE

I

Colons. — Langage.

Les premiers habitants de la colonie furent des colons de Madagascar; échappés au massacre de Fort-Dauphin. Parmi eux se trouvaient les aïeux d'un grand nombre de familles actuellement vivantes à Bourbon. Je citerai entre autres les noms de Mottet, de Guigné et Panou, qui fut la tige de l'honorable et nombreuse famille des Bassayns de Richemont. Les Créoles sont d'une beauté de constitution qui tient à l'usage encore en vigueur de ne point gêner les mouvements de l'enfance. Dès qu'un nourrisson a la force de soutenir sa tête, ses bras, ses jambes, on le débarrasse de ses

langes, et vêtu d'une simple chemise, on le laisse s'ébattre à son
aise sur le tapis de la varangue. Dans beaucoup de familles, les
enfants restent nu-pieds et nu-tête jusqu'à cinq ou six ans. Aussi,
à Bourbon, voit-on peu de bossu, de boiteux, de rachitiques. Les
dames créoles ont une réputation de beauté qui n'est pas usurpée :
la beauté physique unie à la beauté morale est l'apanage du plus
grand nombre.

Fiers, braves, francs, hospitaliers, les Créoles ont aussi quelques travers. Ils n'aiment guère les Européens, quoique dévoués à
la mère-patrie. « Les Européens, disait l'un d'eux, viennent ici
pour nous ravir nos femmes et nos piastres ». Les mariages entre
Créoles et Européens sont, en effet, très-fréquents. Les habitants
de Bourbon sont intelligents, spirituels, mais généralement peu
instruits. Ils lisent peu et mal. Sans doute, il y a des exceptions
— dans tous les cas, à tous les points de vue — mais elles ne font
que confirmer la règle. Pour mon compte, j'ai gardé un excellent
souvenir des quelques familles dans lesquelles j'ai pénétré, et, à
l'attachement qu'elles m'ont inspiré s'est joint une profonde reconnaissance pour les bons offices dont elle m'ont comblé, en des
circonstances douloureuses.

Les Bourbonais parlent un français très-pur. Leur prononciation n'est point zézayante comme celle des Antilles : elle est
seulement un peu langoureuse ; l'on grasseye beaucoup, à tel point
que les R disparaissent complétement. De telle façon, que l'on se
reporte involontairement à la prononciation flûtée, enfantine,
usitée sous le Directoire. Dans l'intimité, l'on parle le créole. C'est
un patois mêlé de français, d'expressions maritimes, de mots malabars, cafres et malgaches. Voici quelques exemples : prendre,
arrêter, se dit *souquer* ; monter, verbe actif, se transformer, en
haller ; voir, en *guetter* ; s'en aller, en *démarrer*. Beaucoup d'expressions ont un certain pittoresque. Ainsi l'on dit *quouque*, pour
« ce que » ; *à c't'hère*, pour maintenant ; *espérer*, pour attendre ;
z'aut', pour ils ; *salam*, pour bonjour. Cette langue emploie beaucoup de métaphores ; les verbes sont conjugués selon le bon plaisir
de chacun. L'u, se prononce toujours i ; le ch, le c, le g, se pro-
noncent z. Certaines diphtongues, heu, heu, en, en ; sont des
exclamations intraduisibles en français. Puis vient le *ça même*,

vocable approbatif au suprême degré et le *comme ça même*, qui répond à tout.

— Pourquoi as-tu fait cela ? demanda un maître à son engagé.

— Avez-vous bien-dîné ?

-- *Comme ça même !*

Cela veut dire, selon l'occurrence : je ne sais pas; sans le vouloir; sans y faire attention, ou : ni bien, ni mal. Quelquefois aussi, cela signifie : je ne veux pas répondre.

Un noir rencontre un de ses amis, aussitôt il s'écrie, avec force embrassades, et d'un accent plein de joie :

— Ah ! men ami, qu' moi l'est content, voir à vous ! si longtemps que nous n'a pas rezoindre l'ein l'autre ! Quouque vous n'en ire de nouveau ? Z'aut l'a dit à moi que vous l'a timbé di haut de empart. Allons ! men ami, grand bonhèr moi la rezoindre à vous. Souque mon bras, moi va halle a vous, zis qu'au zardin l'Etat. (1)

Je ne puis résister au plaisir de citer quelques vers d'une fable en créole de l'île Bourbon, dont l'auteur est M. Héry

> Moi tiré è cont'pays Bourbon.
>
> En bas d'rempart d'là possession
>
> L'avait ein torti vié grand'mère,
>
> Mais quand mêm' vié son tête l'était lizére.
>
> Au lié rest' tranquill' dans son coin,
>
> V'là pas l'a mazin' s'en va loin.
>
> Se dit dans n'fond d'son cœr : «L'écoliers gagn'vacance,
>
> « Tous blancs gross'tét' s'en va promène en France.

(1) Ah! mon ami, que je suis content de vous voir, il y a si longtemps que nous ne nous sommes rencontrés ! Que dites-vous de nouveau ? L'on m'a dit que vous étiez tombé du haut d'un rempart. Allons ! mon ami, c'est un grand bonheur pour moi de vous avoir rencontré. Prenez mon bras, je vais vous accompagner jusqu'au jardin de l'Etat.

« Moi tout sél moi rest' dans mon trou !

« N'a point !.. moi va rodd'ein Bambou,

« Moi louer houit gros canards manille

« Va parte à moi St—Lè pour voir mon famille.

(Quand qu'femme n'en a à son volonté,

N'a point lé diable qui va faire arrête ;

Ça qué femme y vé l'est sir pour faire ;

Cà que torti vé, moi crois bien mèm' z'affaire). (1)

Cette poésie est charmante et pleine de sel.

Je demande la permission de terminer cette esquisse philologique par une anecdote bien malicieuse puisée dans la *Physiologie du Noir*.

Un planteur qui donnait à dîner à quelques amis, avait commandé un chapon au Cari, mets que les Créoles affectionnent entre tous. Lorsque l'on servit la volaille, il lui manquait une cuisse.

(1) Moi j'ai tué un comte du pays de Bourbon,

En bas du Rempart de la possession.

Il y avait une tortue, vieille grand'mere,

Mais, quoiqu'elle fût vieille, sa tête était légère.

Au lieu de rester tranquille dans son coin,

Ne s'imagina-t-elle pas d'aller au loin.

Elle se dit à elle-même : « Les écoliers vont en vacances,

« Les blancs riches vont se promener en France.

« Moi, je resterais seule dans mon trou !

« Non pas !... Moi, je vais rôder dans les bambous,

« Je vais louer buit gros canards de manille

« Qui me porteront à Saint-Leu, voir une famille.

{Ce que femme désire,

Aucun diable ne le peut empêcher ;

Ce que femme veut se fait toujours :

Ce que tortue veut, je crois, est aussi même affaire.

Aussitôt l'on fait appeler le cuisinier, et son maître lui demande depuis quand les chapons n'ont qu'une cuisse :

- Si pas, moussié, sapon-là, p't't' e li malade.

— Mais cela ne l'empêcherait pas d'avoir deux jambes !

— Bébète là, messié, li en veut à moi. L'a cac' sa patte pour faire gagn' à moi li fouet.

— Tu as mangé le morceau.

— Bon Diè pini à moi, messié, si moi l'a mânzé.

— Allons, dis-moi la vérité, et je te pardonne.

— Ah ! messié mon maître, grand malhèr l'a arrivé. Moi l'était pour faire bouille marmite ; la cuisse sapon l'a sourti marmite et li l'a timbé dans li fé... moi la dit : mon maître, bon blanc, li manze pas la cendre, li va gagne malade ; moi l'a ramassée, messié... après... moi l'a... goûté.

— Tu l'as mangé ?

— Ça même, messié, diable l'a tenté à moi.

L'on voit éclater dans cette historiette toute la ruse, l'astuce et la malice du noir que bien souvent l'on serait tenté de prendre pour de la naïveté.

Les Bourbonnais affectionnent leur patois. Il remplace pour eux le latin qui, au dire de Boileau.

... Dans ses mots brave l'honnêteté.

La vie, aux colonies, n'offre aucun côté bien saillant. L'on se lève de très-bonne heure pour jouir de la fraîcheur ; après le déjeûner, qui a lieu vers dix heures, l'on fait la sieste à la mode italienne. A sept heures du soir, tous les magasins sont fermés, et, après dîner l'on commence à faire des visites. L'on reçoit peu, à Bourbon ; il n'y a pas de *salon* comme en France. Néanmoins l'on tient beaucoup au cérémonial : l'habit noir est de rigueur.

Cela m'amène à parler du vêtement.

L'on croit que le blanc est «bien porté»; et moi-même, partageant cette erreur, j'étais parti, emportant une pacotille de vêtements de coutil blanc. Je fus promptement dissuadé. Tout ce qui appartient au monde, au commerce, ne sort pas autrement que vêtu de noir, et en redingote, s'il vous plaît. Le chapeau de soie est la coiffure de règle ; le panama n'est que toléré, le flambard est proscrit. L'on permet aux très-jeunes gens le pantalon et le gilet blanc. Comme j'ai la douce habitude de ne me gêner nulle part, j'arborai intrépidement le cosume planteur ou soi-disant tel ; je me carrais sous le veston, et narguais la redingote qui est bien le plus affreux vêtement que les tailleurs nous aient imposé. Je me dérobai autant que possible à la tyrannie du *gibus*, et me dépêchai d'acheter un panama et un casque anglais en bourre d'aloès, bravant ainsi des lois stupides. Comment! sous un soleil de cinquante degrés, l'on porterait ces absurdes vêtements noirs, qui font ressembler un homme à un croque-mort, et le font étouffer sous la chaleur qu'ils amassent ! O préjugés!....

Combien j'enviai les noirs qui possèdent le précieux privilége de s'habiller en percale et de porter de monstrueux parasols en guise de coiffure !...

Eh bien ! telle est la puissance de la mode que les dames elles-mêmes se soumettent au supplice de la suffocation pour le plaisir d'être parées. J'ai vu, au mois de novembre, c'est-à-dire par 35 degrés de chaleur, une dame couverte d'un splendide manteau de velours bleu à gland de soie ! Il est vrai que ce manteau était jeté sur une affreuse robe de poil de chèvre dont une mulâtresse n'eût pas voulu. Au lieu de porter la «sainte mousseline» que mademoiselle Fargueil célèbre, en nasillant, dans la «famille Benoîton», le belles Créoles s'ensevelissent dans la soie, le velours et le damas Ces beaux foulards de l'Inde, ces étoffes légères que nos Française prisent tant sont dédaignées. Hélas ! j'ai retrouvé à Bourbon la crinoline, les costumes pompadour, les fanfreluches, les falbalas, les ceintures que l'on peut, au besoin, transformer en draps de lit et les chapeaux de poupée que l'on hisse au sommet d'un chignon pyramidal. A certains jours, ma foi ! l'on se serait cru en plein boulevard, à Longchamps ou dans le parc de l'Exposition universelle.

Je dois pourtant rendre hommage à la simplicité de quelques dames, qui ont conservé la robe et la pèlerine de cachemire noir,

dont les femmes des anciens colons faisaient leur unique parure
Elles me rappelaient, ces vénérables mères de famille, les patri-
ciennes de Venise et de Gênes, qui, dans leurs palais de marbre
et d'or s'habillaient avec une majestueuse simplicité, prétendant
que le visage doit embellir le costume au lieu que ce soit le costume qui pare le visage.

II

Maisons. — Cuisine.

Les maisons créoles sont généralement construites en bois et couvertes en bardeaux ; comme je l ai déjà dit, l'on emploie, de préférence le bois de natte à grandes feuilles. Elles s'élèvent au milieu de grands jardins ceints de murs, sous l'ombre des tamariniers au sombre feuillage, du flamboyant qui se couvre en été d'une toison de fleurs écarlates, du manguier et du cocotier dont les colonnes polies lui font une avenue monumentale. Cuisine, communs, buanderie, dépendances de toutes sortes sont reléguées au fond du jardin. Les maisons bourbonaises n'ont jamais qu'un rez-de-chaussée et un étage. Il est rare de voir une maison qui soit plus haute que celles de nos petits bourgs de province. La pièce importante d'une maison, c'est la varangue. Aux Indes, la varangue se nomme verandah ; c'est une sorte de vestibule, un portique ouvert sur le jardin et soutenu soit par des colonnes de pierre, soit par des poteaux sculptés. C'est sous la varangue que les Créoles passent leur vie. Les dames, vêtues d'une robe de chambre taillée en forme de blouse, sont assises dans les immenses fauteuils en rotin, qui viennent de l'Inde.

C'est là que, le soir, on reçoit les intimes, les gens avec lesquels on ne se gêne pas. D'un côté de la varangue se trouve le cabinet de travail que les Créoles nomment bureau; le salon est la première pièce, et derrière, vient la salle à manger. Les chambres à coucher sont au premier étage. Le luxe des ameublements n'est point aussi extravagant que celui de la toilette; les gens riches tiennent à honneur d'avoir un beau salon. Ils font donc venir des meubles de Paris et les paient très-cher.

C'est encore une inconséquence. Les chauffeuses, poufs, ganaches et divans, capitonnés et rembourrés, peuvent fort bien convenir aux pays du Nord; mais, dans une contrée où la principale préoccupation doit être de se préserver de la chaleur, des siéges en cannes ou en rotin, ces beaux fauteuils de l'Inde en osier que l'on paie un prix fou à Marseille et qui se donnent là-bas, conviendraient mieux, ce me semble.

Ce que j'ai le plus admiré en certains salons, ce sont les parquets, véritables mosaïques en bois de toutes les couleurs

Le piano, — oui, le piano! — est le meuble indispensable d'une maison créole. On y fait d'aussi bonne musique que partout ailleurs; et si l'on ne surpasse pas Thalberg, c'est qu'assurément on ne l'a jamais entendu.

Les Créoles ont l'amour de la vie de famille. Bru, gendre, beaux-frères et belles-sœurs, père, mère, neveux et nièces, habitent souvent la même maison. Aussi les domestiques sont-ils si nombreux que leur nomenclature effraiera nos ménagères de France. Pour tenir une maison sur un pied convenable, il faut : un cuisinier, un blanchisseur, un ou deux jardiniers, un valet de chambre pour chaque maître, une femme de chambre pour chaque dame, une bonne pour chaque enfant, un petit noir pour faire les courses, un cocher et quelques palefreniers, valets de pieds, etc. Tout ce qui n'a pas d'occupation déterminée,—nous disons, nous, une spécialité — est désigné sous le titre de péon. Il est peu de familles qui possèdent une livrée. Celle du Gouvernement est assez pittoresque; tunique et pantalon blancs, écharpe noire, bonnet rouge Cepen-

Jant, il y a d'assez jolis équipages, depuis que les palanquins sont tombés en désuétude. Un jour je vis arriver chez moi, en voiture a deux chevaux, un jeune homme que je savais peu riche.

— Peste! lui dis-je, il faut que vous ayez une belle fortune pour mener ce train-là.

— Oh! moins que vous ne le croyez : il faut encore que je paie l'éducation de mon frère et de ma sœur, et je n'ai que douze cents piastres de revenus annuels.

Douze cents piastre font juste six mille francs. Aux colonies, ce n'est pas une fortune, c'est même de la médiocrité.

L'on donne beaucoup aux apparences. La vie intérieure des Créoles est, m'a-t-on dit, sobre au-delà de toute expression. Leur cuisine est réellement peu compliquée. Le mets favori est le fameux cari indien ; c'est une sauce de haut goût dans laquelle il entre quarante-deux espèces d'aromates, parmi lesquels dominent le safran, le giroffle et le piment. L'on fait du cari avec de la volaille, du poisson et des béchiques, poisson microscopique, à tête noire et d'une saveur médiocre.

Le cari créole est moins violent que celui de l'Inde, où l'on met une si grande quantité de piments, qu'après en avoir mangé, l'on est enté de demander une pompe pour éteindre l'incendie.

L's rougaï, autre mets indiens, sont en très-grande faveur.

L'un est fait avec des légumes, des fruits, du raifort, des tomates ou des mangues vertes; dans ce dernier cas, il prend le nom de rambal. Viennent ensuite les achars qui sont des conserves au vinaigre ou à l'huile, de toute sortes de légumes indiens.

A mon avis, le meilleur produit culinaire de la colonie, c'est le chou-palmiste. Malheureusement, pour avoir ce chou, qui est le cœur, tendre et blanc, du feuillage du palmier, il faut abattre l'arbre. Il se mange en sauce, en salade, en friture, en purée, absolument comme notre pomme de terre. Son goût est extrêmement délicat.

Les cuisiniers malabars excellent dans la préparation des entremets sucrés : omelettes aux bananes, crèmes au tapioca, à l'arrow-root, au sagou, au cacao, à la vanille, au giroffle ; compotes de fruits. Ils ont encore une spécialité, c'est la mousse indienne, sorte de gelée rose qu'ils parfument à outrance, si bien que l'on croirait avaler de la bandoline.

Un Créole qui se respecte ne mange jamais de pain et le remplace par du riz bouilli dans l'eau, sans sel et sans beurre. Ce mélange du riz avec le cari, les rougaï, les brèdes et la viande n'est point à dédaigner. Les boissons en usage sont, comme partout, le vin et la bière. Le vin, si l'on veut avoir du vrai vin, du jus de raisin, est très-cher. On boit à Bourbon du Bordeaux, du Champagne et du Constance authentiques. Un vin frelaté ne saurait supporter la traversée.

La bière est de fabrique anglaise. L'ale-shop, le pale-ale, le porter sont assez à la mode; cela se paie une demi piastre la bouteille. L'on boit aussi des sirops du cru, des sorbets, des glaces, Saint-Denis ayant une fabrique de glace artificielle. Il se fait aussi une effroyable consommation de vermouth et de rhum. Le vermouth est détestable, il vient d'Europe. Le rhum est délicieux et à bon marché, car on en fabrique des quantités en fraude ce qui fut, il y a quelques années, le motif de poursuites sévères de la part du directeur de l'intérieur. Le rhum, arack ou tafia, comme l'on voudra, ne ressemble en rien aux breuvages que l'on nous sert en France sous ce nom fallacieux. Il y a du rhum à soixante-quatre degrés! il remplace notre absinthe : certains Créoles en boivent une demi-bouteille dans leur journée. Lorsqu'on invite un ami à prendre un verre de rhum, on lui dit : Prenons-nous un *coup de sec*? D'autres se servent d'une locution plus progressistes.

— Allons *arrimer le cabri*, s'écrient-ils !

Nous n'avons donc pas à nous glorifier d'avoir remplacé le mot: prenons une absinthe, par : *étouffons un perroquet*.

Je demandais un jour à une dame si elle buvait du rhum.

— Oh! Monsieur, me répond-elle, je n'en bois qu'en deux circonstances. Quand j'ai mal à l'estomac...

— Et?

— Et quand je n'ai pas mal à l'estomac!

Cet aplomb me déconcerta.

Un jeune homme à qui je faisais la même question me répondit :

— Je suis modéré. Je bois un verre de rhum, en me levant, pour dissiper les restes de sommeil qui appesantissent mes paupières; un second verre, dans la matinée, pour ouvrir les voies digestives; un verre après le café ; un ou deux verres dans l'après-midi, pour me rafraîchir, un verre avant de dîner et quelques autres avant de me coucher. Sans préjudice du vin, de la bière, du vermouth et de l'absinthe!!!

C'est d'une jolie force!

Les noirs sont très-friands de liqueurs fortes.

Ils ne vont pas au café... par la raison toute simple qu'il n'y en a pas un dans la colonie. Ils fréquentent les *cantines*, que les blancs, — mais une certaine classe de blancs seulement, — ne dédaignent pas de fréquenter.

Je surpris un jour mon domestique entrain de vider un flacon d'élixir de la Grande-Chartreuse que j'avais, en venant, fourré dans mon bagage.

Je me précipitai sur lui et lui arrachai la fiole... vide.

— Malheureux! lui dis-je effrayé, tu vas te tuer!

Il sourit narquoisement.

— Oh! m'sieu, me dit-il, c'est de l'eau sucrée, çà!

III

Commerce. — Industrie.

Le commerce de l'île Bourbon est très-important. Cette colonie exporte les produits de son sol, importe nos produits manufacturiers et sert, depuis le traité de 1814, d'entrepôt au commerce français dans la mer des Indes. Elle est surtout en relation commerciale avec l'Inde, Madagascar, l'Australie et l'île Maurice, sa voisine. Celle-ci possède un chemin de fer et le gaz y a été introduit, tandis que Bourbon est encore privé de l'un et de l'autre. Les établissements français de Madagascar, c'est-à-dire les îles de Sainte-Marie, de Mayotte et de Nossi-Bé, dépendent du gouvernement de Bourbon et fournissent les mêmes productions que notre colonie, qui leur sert d'entrepôt. Les Comores, Mohely et Anjouan ont un grand commerce d'écailles de tortues. Les navires qui doublent le cap de Bonne-Espérance, passent à Bourbon. Il en vient de Mascate, Bombay, Goa, Mangalore, Ceylan, Karıkal, Tranquebar,

Pondichéry, Madras, Coringuy, Canada, Yanaon, Calcutta, Chandernagor, Arakan, Rangoum, Saïgon, Manille, Canton, Hong-Kong, Pulo-Pinang, Malacca, Singapoore, Sumatra, Java, Bali et Timor.

Ils sont chargés de perles du golfe d'Oman, de sel, de bétel, de poivre, de corail noir, de chanvre, de cafés et de sucres indiens, de toiles peintes, de bois de sandal, de tissus de coton, de riz du Coromandel, d'ivoire, de cire, de bois de teck, d'opium, de gomme élastique, de sagou, de poudre d'or, d'argent, de mercure, de camphre, et vont payer à l'Europe le tribut de ces côtes de la mer des Indes, si riches en productions de toute espèce.

Les navires qui font croisière dans l'Océan Indien, apportent à Bourbon le riz de Calcutta, de Saïgon et de Madagascar; les bois de teck, de Singapore; le saindoux, le grain de l'Inde. Ils repartent chargés des produits coloniaux.

Les importations s'élèvent à quarante millions par année; les exportations sont inférieures d'un dixième, environ. Il y a des consuls d'Angleterre, d'Italie, de Madagascar, d'Espagne et de Portugal à Saint-Denis.

L'industrie sucrière est nécessairement la plus importante de la colonie. Les distilleries, briqueteries, scieries et tanneries sont peu nombreuses. La boulangerie est représentée, à Saint-Denis, par la fabrique de pain de M. Deheaulme, lequel vend en gros aux débitants qui revendent en détail au bazar de la ville.

Les professions de charpentier, maçon, forgeron, bijoutier, carrossier, charron, tailleur, ferblantier, confiseur, ébéniste, typographe, sont à peu près les seules qui soient exercées à Bourbon L'on compte aussi un certain nombre de photographes. L'un d'eux M. Constant Azema, a obtenu une mention honorable à l'Exposition universelle de 1867. A l'Exposition de Londres, en 1862 Bourbon a remporté vingt-quatre médailles et douze mention honorables.

IV

Saint-Denis ressemble à un vaste jardin, coupé par des allées bordées de murailles. Les rues sont tirées au cordeau ; comme la ville est bâtie sur une langue de terre formant presqu'île, elles aboutissent presque toutes à la mer. Les carrés formés par les rues sont subdivisés en lots de forme rectangulaire, plantés de fleurs et d'arbres magnifiques. La maison s'élève au milieu du jardin, et la varangue s'ouvre devant une grille qui donne sur la rue et qui se nomme barreau. Généralement, chaque maison est escortée d'un ou deux petits pavillons communiquant directement sur la rue. Dès que le fils de la famille a seize ans, on le loge dans un de ces pavillons, afin qu'il puisse entrer et sortir quand il veut, recevoir chez lui qui bon lui semble. Les Créoles sont grands partisans de l'axiome *il faut que jeunesse se passe.* Mais la jeunesse passe et les excès précoces la tuent rapidement. La secte des petits-crevés a dû prendre son origine dans nos colonies : on y voit beaucoup de jeunes vieillards.

Devant le barreau l'on plante d'habitude deux arbres pour l'orner; ici, ce sont des flamboyants, arbres immenses dont le tronc se subdivise en une infinité de racines bizarrement contournées qui rampent à fleur de terre : là, des palmistes élèvent dans le ciel leur tronc svelte surmonté d'un bouquet de feuilles luisantes; plus loin l'arbre à pain secoue sur la terre ses larges feuilles semblables à celles du figuier. Les murailles sont couronnées des tiges épineuses du cactus, dont les fleurs, admirables calices de rubis dans lesquels ruissellent des flots de fils d'argent, contrastent, par leur couleur de pourpre, avec le vert sombre de la plante. Les ombelles dentelées du latanier; les branches verdâtres de l'Eucalyptus; les rosiers aux fleurs de toutes nuances; le vacoa au tronc informe, bossué, au feuillage pointu, se mêlent aux massifs de jamrosa, de lauriers-roses et d'orangers dont les parfums imprègnent l'air d'un parfum en même temps âcre et suave.

Puis ce sont des avenues de filaos, des groupes de cocotiers, des bosquets de bois noir, des quinquonces de mimosas et de tamariniers, des gerbes de bambous, qui varient, dans un harmonieux désordre, les teintes diverses de leur feuillage. Des entrelacements de lianes grimpent autour de ces arbres et suspendent au-dessus de nos têtes leurs tiges entortillées, chargées de fleurs bleues, roses, blanches violentes, de feuilles tigrées de vert glauque sur un fond noir. Ces guirlandes, tressées par la main du Créateur, serpentent sur les toits, ombragent les portails, s'unissent au marbre des colonnades et semblent comme un trait-d'union entre l'œuvre de Dieu et celle des hommes.

Vraiment c'est un spectacle à ravir la pensée. Cette ville, ainsi tranformée en jardin, offre à chaque heure du jour un aspect nouveau. Le matin, les brumes légères de la nuit couvrent encore d'un voile diaphane cette végétation luxuriante. A midi, le soleil jette sur le paysage une lumière tellement intense qu'elle offense la vue. C'est vers cinq heures du soir que le spectacle est le plus beau. Alors tout s'éveille dans la nature, et sort de cette somnolence où l'avait plongée l'ardeur des rayons solaires. Le ciel est d'un bleu sombre que reflétent les vagues de la mer. Tous les détails du pay sage apparaissent dans une limpide netteté ; les hauts sommets des montagnes reçoivent encore un reflet de l'astre que l'on voit à l'horizon se plonger dans les flots qui bouillonnent et s'irisent des mille nuances de l'arc-en-ciel. Aux grondements de « l'onde amère » se mêlent et le murmure de la foule, et les éclats de rire de la jeune fille, et les chants du travailleur qui revient des chants, et la mélodie enchanteresse d'une valse *pianotée*, et le cri, doux et voilé, du bengali.

Les noirs, comme de grands enfants qu'ils sont, jouent à cache-cache, ou aux barres, dans les carrefours ; les *naines* conduisent à la promenade leurs bébés vêtus de blancs ; les mulâtresses balaient la poussière du trottoir de la traîne de leur robe de satin. C'est un mélange harmonieux de couleurs vives qui ressortent merveilleusement sous ce beau ciel dans ce cadre pittoresque. Les commerçants, empesés et bouffis dans leur sombre costume noir, quittent leurs magasins pour aller s'asseoir sous leurs varangues où les attendent déjà leurs épouses et leurs filles. De temps à autre, une voiture qui roule pesamment égaye le tableau.

Les interjections, les appels, les cris et les rires sautent d'un bout de la rue à l'autre, rebondissent et se heurtent, et se mêlent, sans cacaphonie, sans brouhaha. C'est un tohu-bohu, une cohue, mais cohue pleine d'ordre, tohu-bohu plein de notes musicales et dont l'oreille ne se fatigue point.

Les Indiens, les uns en turban, les autres dûment coiffés du béret, vendent, sur leurs éventaires de fer blanc, les friandises de leur pays : gâteaux au poivre, pâtés au piment, confitures d'ananas et d'amande de coco saupoudrées avec du safran et baignées dans le sirop de goyaves. Ils font la joie des négrillons et le bonheur des *naines* qui s'arrêtent plus longtemps qu'il ne faudrait à causer avec eux.

Tout cela est charmant, je vous l'assure, et bien des peintres feraient leur fortune en copiant sur nature les tableaux de genre que l'on rencontre à chaque pas dans les rues de Saint-Denis.

Il me souvient d'une scène de ce genre. C'était dans la rue Dauphine, tout auprès de l'église de l'Assomption. Des Malabars luttaient avec des Malgaches à qui ferait les plus étonnants tours de force. Les uns formaient des pyramides humaines, les autres s'entrelaçaient comme les athlètes antiques. Il me semblait voir les eux de la Grèce et de Rome au temps de Périclès et des Césars dégénérés. Beaucoup n'y auraient vu qu'une vulgaire parade de saltimbanques, et cela y ressemblait, certes, plus que de raison. Mais il y avait tant de naturel dans ces poses, tant de force vraie dans ces yeux, tant de grâce, de souplesse et d'agilité dans ces statues de bronze que l'on ne pouvait se lasser d'admirer ces exercices.

Mais voilà bien de la poésie, ou plutôt je dois confesser mon impuissance à rendre fidèlement les impressions que j'ai ressenties. Il faudrait, pour les exprimer, que j'eusse la plume de Châteaubriand qui décrivit si bien les forêts d'Amérique, ou le style spirituel de Méry qui parlait avec tant de charme de l'Inde qu'il n'avait jamais vue. Je reviens donc sans tarder à ma description de Saint-Denis.

Cette ville, dont le genre est essentiellement différent du genre de nos villes européennes, renferme peu de monuments vraiment dignes de ce nom. L'hôtel-de-ville est une construction moderne qui ne déparerait pas une ville italienne; la blancheur de ses murs, ses colonnades, sa cour, ornée d'une fontaine jaillante, entourée de portiques, ne font qu'autoriser ma comparaison. Mais — toujours ce *mais* désastreux — la grande salle est basse, décorée de trumeaux blancs, rouges et or, d'un détestable effet. L'hôtel-de-ville renferme aussi la bibliothèque, assez riche en volumes de voyages, d'histoire naturelle et de législation coloniale; elle possède un conservateur plein de distinction, de complaisance et de savoir.

Le palais du gouvernement est assez laid à l'extérieur; c'est une grande bâtisse que le moindre bourgeois parvenu se soucierait peu d'habiter. On le dit fort bien meublé. Je n'ai pu en juger, n'y ayant jamais pénétré.

Sur la place du Gouvernement que borne, d'un autre côté, la rue Saint-Louis, et, au nord, l'hôtel Joinville, très-belle maison de style indien; sur la place du Gouvernement, dis-je, est élevé la statue de Mahé de La Bourdonnays. Cette statue, belle, large est l'œuvre de M. Louis Rochet, dont on a tant admiré la statue de Charlemagne à l'exposition du Champ-de-Mars. Cet artiste émérite a semé ses œuvres dans tous les coins du monde. A Falaise, il a donné la statue de Guillaume-le-Conquérant; à Rio-de-Janeiro, la statue équestre de l'empereur don Pedro ; à Brienne, Napoléon écolier ; à Saint-Jean-de-Maurienne, la statue du médecin Foléré, créateur de la médecine légale ; à Myans, la statue colossale de Notre-Dame de Savoie, dont il a fait présent à ses compatriotes. J'en passe... et des meilleures.

Les monuments religieux de Saint-Denis sont peu remarquables. La cathédrale actuelle est une humble église, ornée d'un assez beau péristyle et fort bien décorée à l'intérieur. La place qu'elle domine est ornée d'une belle fontaine ; une rangée de magnifiques palmiers entoure cette place. Une cathédrale plus vaste a été commencée auprès du palais-de-justice, dans la rue Sainte-Marie mais le manque d'argent a fait abandonner les travaux.

Quatre autres églises desservent Saint-Denis : l'Assomption, Saint-Jacques-le-Majeur, Notre-Dame-de-la-Délivrance et Saint-Thomas-des-Indiens.

Le palais épiscopal est une gracieuse maison à l'italienne, placée au milieu d'un admirable jardin. Il est situé non loin de l'hôtel du directeur de l'intérieur, dans la rue de Paris. Le lycée, le palais-de-justice, les hôpitaux militaire et colonial sont des monuments qui ne dépareraient pas nos chef-lieux de département les plus renommés.

Saint-Denis compte 37 mille âmes.

V

Environs de Saint-Denis. — Le jardin du Roi. — La Réparation — La Providence.

Les environs de la capitale de l'île Bourbon offrent des sites d'une beauté si particulière que le pinceau d'un artiste pourrait seul en reproduire les détails. Les quelques promenades que j'y ai faites seront le sujet de ce petit chapitre.

Au sommet de la rue de Paris, qui, du Barachois au Jardin-du-Roi, traverse la ville dans toute sa longueur, une place circulaire, plantée de gros tamariniers, sert de vestibule au Jardin-du-Roi qui termine la perspective, et où donnent accès trois grilles peu monumentales. Ce Jardin-du-Roi, que l'on appelle, depuis 1852, Jar-de l'Etat, se divise en deux parties. D'un côté, c'est une triple allée de grands arbres, limitée par une pépinière, et qui conduit aux bâtiments du Muséum; l'autre, c'est un parc dessiné à l'anglaise, qui tient à la fois du Jardin-des-Plantes et du Jardin d'acclimata tion. Il faudrait un volume pour cataloguer toutes les richesses bo-

taniques et zoologiques renfermées dans l'enceinte de ce jardin.
Le Muséum contient aussi de très-belles collections d'entomologie,
de conchyliologie, de zoologie, d'ornithologie et d'icthiologie. La
Faune et la Flore des îles et des côtes de la mer des Indes ont toutes été mises à contribution, et dans quelques années le muséum
de Saint-Denis pourra rivaliser avec les plus admirables cabinets
européens d'histoire naturelle.

La rue Dauphine, qui s'ouvre à gauche de la place des Tamariniers, conduit en dix minutes à la Rivière-des-Noirs, que l'on traverse sur l'unique pont de pierre que possède la colonie. C'est à
la Rivière-des-Noirs que les Malabres vont le matin puiser de l'eau
pour toute la journée. Le pont franchi, l'on se trouve sur un petit
chemin ombragé qui mène directement à la Providence.

La Providence était une école professionnelle dirigée, ainsi que
le Pénitencier voisin et l'Hospice de la vieillesse, par les missionnaires du Saint-Esprit. Cet établissement a été supprimé tout récemment. J'en parlerai néanmoins comme s'il existait encore.

Un grand et beau jardin potager s'étend devant les immenses
bâtiments de l'école.Un second jardin en terrasse, auquel on monte
par un perron de douze marches, le domine. Ce jardin terrasse est
entouré de bâtiments ; au centre, une admirable statue de Marie-
Immaculée, taillée dans un bloc de marbre blanc par un jeune frère
du Saint-Esprit, se dresse sur un piédestal de calcaire. A gauche,
une église gothique construite par les Pères, mais encore inache-
vée, sert de chapelle à l'établissement. Le Frère V... l'a ornée de
statues dues à son incontestable talent. A gauche, c'est la maison
des Pères, avec son humble varangue, ses salles d'études et de
travail, son petit réfectoire. Au fond, se dresse l'immense bâtiment
qui renferme les dortoirs, les classes, les réfectoires, où deux cents
Créoles, orphelins ou pauvres, apprennent à devenir bons ouvriers
et bons chrétiens.

Partout la croix apparaît comme un symbole de travail et de régénération.

Derrière le bâtiment principal se trouvent les ateliers : fonderie,
serrurerie, ateliers de mécanique, de menuiserie, d'ébénisterie,
de cordonnerie, tout est dirigé par d'habiles maîtres revêtus de
l'humble livrée du missionnaire.

Les bénéfices produits par le travail des jeunes ouvriers est versé

dans la caisse coloniale. Les Pères du Saint-Esprit sont simplement appointés comme professeurs, encore leurs ressources personnelles sont-elles destinées à embellir leur établissement et à
procurer quelques récréations à leurs chers élèves.

Plus loin s'élève le pénitencier, asile du crime repentant et, il
faut bien le dire, de la corruption précoce. Un régime ferme, doux,
chrétien, fait de ces enfants aux mauvais instincts des hommes
honnêtes. Je pourrais citer nombre de Créoles de couleur dont
l'unique certificat de bonne conduite est d'avoir passé tant d'années
au pénitencier.

Un jour, en revenant de la Providence, je passai devant l'église de
la Réparation. C'était le moment du Salut. J'y entrai. Une foule
considérable encombrait le sanctuaire; à travers les grilles du
chœur, on apercevait les voiles blancs des dames Réparatrices.
L'encens fumait, répandant un parfum pénétrant, se condensant
au-dessus de l'autel en un sombre nuage à travers lequel étince-
laient les rayons d'or de l'ostensoir.

Tout à coup, une voix sonore, vibrante, d'une grande étendue,
fit retentir les voûtes de l'église du chant sacré *Tantum ergo*.
Cette voix me fit passer un frisson dans les veines. Autour de moi,
de jeunes hommes pâlissaient, à ces accents pleins d'une mélo-
dieuse mélancolie, où se reflétaient la modestie et la foi de celle qui
chantait.

J'appris que c'était une religieuse belge, appartenant à une famille noble et riche, qui s'était séparée du monde pour vivre uniquement aux pieds de Dieu et réparer, comme ses sœurs, par une
adoration perpétuelle, les outrages et les blasphèmes que les im-
pies adressent à la Divine Majesté.

Le Barachois. — Les Bas-de-Saint-Denis. — La redoute. — La montagne Saint-Bernard. — La léproserie.

Ce que l'on désigne à Saint-Denis par le nom pittoresque de Barachois est un petit bassin, entouré d'une jetée solide qui le défend contre la haute mer. Cette jetée communique avec le quai par un pont-levis, sous lequel passent les barques pour lesquelles ce bassin fait office de port.

Le soir, il est assez d'usage que l'on aille se promener au Barachois. Cela ne se fait pourtant qu'au clair de lune : l'administration municipale n'ayant pas jugé à propos d'éclairer les bords de la mer. Je ne connais rien de plus beau qu'un clair de lune sous les tropiques. La blonde Phœbé — ô romantiques ! — nage dans un ciel si transparent, si bleu, qu'on dirait un voile de gaze suspendu entre la terre et l'infini. Des milliers d'étoiles, parmi lesquelles brille d'un éclat sans pareil la Croix du Sud, le parsèment comme

des perles et des diamants sur une robe de fiancée. La mer, tantôt
houleuse et frémissante, tantôt calme comme un lac de nos montagnes, reflète leur pâle clarté. Une étincelle semble attachée à chaque vague, et lorsque les flots se moirent de phosphorescences ar-
gentées, l'on dirait une immense nappe de feu qui s'étend jusqu'à
l'horizon.

Des ombres fantastiques courent sur les montagnes, sillonnées
de bandes lumineuses que l'ombre moins accentuées des palmiers
et des filaos diapre de broderies féeriques.

Le murmure du vent, soufflant dans les filaos, se confond avec le
mugissement sourd de l'océan... les cocotiers balancent leurs cîmes
verdoyantes... les fleurs embaument l'atmosphère... une fraîcheur
vivifiante ranime les promeneurs. L'on entend de tous côtés des
chuchotements, des rires étouffés, des chansons et des fredonne-
ments. Les femmes passent enveloppées dans leur mante de dentel-
les ; les hommes fument, les jeunes gens troublent le silence par
les bruyants éclats de leurs rires. Sous la vague, on entrevoit des
corps noirs qui se roulent : ce sont les engagés qui se baignent...

Ces belles soirées du Barachois ont un charme indicible ; elles
plaisent mieux à l'esprit que la foule grimaçante du boulevard,
que les tumultueux ébats de la multitude, que le calme du théâtre
et du café.

En suivant le quai du Barachois, l'on arrive dans la région nommée les Bas-de-Saint-Denis. C'est un quartier plus pittoresque
encore que la ville; il répond à nos faubourgs; des ouvriers, des
débitants, et toute cette innombrable population hétéroclite qui
exploite les passions et vit du malheur des autres, habite ce quartier. Au milieu coule une rivière dont la source se trouve dans les
gorges que l'on aperçoit au loin, avec leurs amas de roches et leurs
forêts plaquées sur les pentes du ravin. Les Bas-de-Saint-Denis
sont encaissées entre deux hauteurs ; à gauche, c'est la terrasse sur
laquelle est bâtie la ville, terrasse très-haute vers la rue de l'Arsenal et qui descend en pente rapide jusqu'à la mer. Les constructions de l'hôpital militaire surplombent le vide; la rue de la Bourdonnais se termine à l'escalier aux mille marches qui serpente sur
le flanc de la hauteur, et à travers une échancrure pratiquée dans
le feuillage, on aperçoit les dernières maisons de la rue de la Compagnie et le beffroi de l'hôtel-de-ville. A droite, c'est la redoute,

vaste Champ-de-Mars coupé dans le flanc de la montagne Saint-Bernard, au sommet de laquelle se dessinent sur le ciel bleu les mâts pavoisés de la Vigie.

L'on monte au sommet de la montagne Saint-Bernard par une rampe en lacets qui m'a paru bien longue! Sur le versant opposé, lorsqu'on a cheminé pendant une heure se présente au regard un site ravissant. Au bord du chemin, une belle église et son clocher; en contre-bas, une maisonnette en bois qui est le presbytère; puis au bas d'un ravin transformé en parc, d'immenses bâtisses, entourées de palissades. C'est l'asile des Lépreux. car il y a des lépreux à Bourbon. Lorsque la maladrerie fut construite, il fallut chercher des servantes pour panser les plaies infectes de ces malheureux. Il y avait bien une congrégation religieuse des Filles de Marie, fondée récemment par deux dames créoles; mais l'on n'osait point exposer ces saintes femmes à la contagion de cette horrible maladie qui chasse du sein de la société ceux qu'elle dévore. L'on hasarde timidement une demande. Il fallait sept infirmières; au bout d'un certain temps, elles devaient inévitablement succomber; le mal est incurable, il se communique facilement. Pour accepter une tâche aussi rebutante, il faut un dévouement surhumain. Je le répète, on fit un appel timide; l'on demanda sept martyrs de bonne volonté : Soixante religieuses se présentèrent. Leur maison est située à quelque distance de la léproserie, au milieu d'une oasis de bambous et d'acacias.

Que Dieu bénisse leurs efforts et qu'il leur rende, par une éternité de bonheur, le bien qu'elles font sur la terre. Si ces quelques lignes vont les trouver, là-bas, elles y trouveront l'expression de la reconnaissance et du respect d'un humble ami....

Le curé de Saint-Bernard est un breton, un breton de la vieille roche. Que de beaux moments nous passâmes ensemble! Sa charité, son abnégation, l'étendue de ses connaissances et la gaîté qu'il montrait, au milieu des tracasseries et des souffrances de sa profession, me remplissaient d'étonnement. Le soir, avant de nous coucher, nous faisions la partie de dominos. Je me rappelle qu'un bon vieil homme vint le trouver à ce moment-là. Ce noir vivait depuis trente ans avec une femme qui n'était point sienne aux yeux de Dieu ni devant la loi. Ce pauvret n'avait rien et, pour retirer les actes de son état civil, il fallait beaucoup d'argent, vingts francs au moins.

En outre, comme l'état civil des noirs avaient été dressé, en 1848, avec une fâcheuse précipitation et sans trop de soin, le commis de bureau ne savaient plus se retrouver dans le gâchis des registres. Les noirs ne portaient qu'un nom de baptême : Saturne, Leandre, Jupiter, Alceste, Oronte, Celimène ou Cornélie ; ils ignoraient leur âge, ou le comptaient à la mode de leur pays, déclarant vingt ans lorsqu'ils en avaient soixante, et cinquante lorsqu'ils en avaient vingt-cinq. De telle sorte qu'une confusion indescriptible s'était glissée dans les instructions. Ces pauvres gens, ne pouvant pas faire constater leur état civil, étaient obligés de ne point se marier et de vivre comme des animaux. Or le curé de Saint-Bernard était loin de penser ainsi. Il fallait se marier quand même. Il fit tant et si bien que sa paroisse ne comptait plus que quelques ménages illégitimes, celui du vieux Nerestang Ravounzara était un de ceux-là. Il expliqua au curé qu'il ne possédait ni chemise, ni souliers, ni linge, ni argent.

— Et ta femme, lui demanda le R. P. L***.

— Chemise n'a point ; linze n'a point ; robe n'a point.

Et j'appris que le curé devait fournir tout cela, à ses frais.

Ses mille francs de traitement y passaient.

Le même soir, quand le vieux fut parti, le jeune prêtre nous récita un chant breton qui lui rappelait la patrie absente.

> Entre deux seigneurs, un Franc, un Breton,
> S'apprête un combat, combat de renom.
> Du pays Breton les Breiz est l'appui,
> Que Dieu le conserve et marche avec lui.

Et après la victoire :

> . . . .
> Il n'eut pas été breton dans son cœur
> Qui n'eût ce jour-là pleuré de bonheur,
> En voyant les prés en mai reverdis,
> Tout rouges du sang de ces francs maudis.

VII

L'Ilette à Guillaume. — La Possession. — Saint-Paul.

De la montagne, j'allai passer deux ou trois jours à l'Ilette à
Guillaume, où est installé un second pénitencier, confié aux Pères
de la Providence dont l'Ilette est la propriété.

C'est un chemin fort joli, mais assez dangereux qui conduit à l'Ilette. Lorsqu'on arrive au ravin au fond duquel mugit la rivière de
Saint-Denis, un étroit sentier se présente. C'est là qu'il faut passer.
La corniche a deux pieds de large à peu près ; d'un côté, un précipice de trois cents mètres, de l'autre une muraille à pic, aussi
élevée ; en face l'autre versant du ravin, chargé de broussailles et
de bois mort qui s'entrelacent avec des lianes. Voilà quel est ce
chemin de l'Ilette où je ne m'engageai qu'avec défiance.

Pendant près de deux heures l'on côtoie le précipice, dont la
profondeur est faite pour donner le vertige ; à certains endroits

la mine a dû jouer pour creuser des roches énormes, dont une partie forme voûte au dessus de la route; plus loin un éboulement a effondré la route, il faut passer, en tremblant, s'accrocher aux lianes et fermer les yeux. Dieu sait quels gémissements je poussai, en en-anglantant mes pieds aux aspérités du granit et déchirant mes mains aux épines des ronces qu'il me fallait saisir comme point d'appui. Tout-à coup le chemin tourne, un gouffre béant s'ouvre à nos yeux : pas de garde-fous ! je passe soutenu par le vieux César, notre domestique ; le père R... me tend une main secourable... un quart d'heure plus tard nous sommes au fond du ravin. En face de nous se dresse une colline en forme de pain de sucre, couverte, de la cîme à la base, d'une espèce de forêt vierge. Le ravin l'entoure de tous côtés ; les remparts sont d'une telle hauteur, qu'il nous semble être descendus au fond d'un cratère éteint, et cette colline, qui est l'Ilette à Guillaume, ressemble à la cheminée d'un volcan. L'obscurité est profonde, au fond de cet entonnoir, sous les arbres ; le silence le plus solennel nous environne. L'on se croirait dans un désert.

Mes souvenirs me revenaient en foule, et n'eût été la soutane du R. P. R..., je me serais pris pour un Robinson suisse accompagnant son frère aîné, en expédition dans l'île déserte, du côté de *Zeltheim*.

Nous franchissons à gué le torrent et commençons l'ascension de l'Ilette. Un chemin large et commode nous conduit dans une clairière où se présente à nos yeux un spectacle inattendu. La clairière est large de vingt mètres au moins et longue d'autant. Dans un coin, sous les hautes futaies, une cabane en planches à peine rabotées ; en face, un boucan, c'est-à-dire un toit de chaume appuyé sur deux poteaux, sous lequel brûle un grand feu ; des jeunes gens, vêtus de toile bise coupent des arbres ; d'autres équarrissent des poutres ; deux Malabars sont de cuisine et fricotent, sur un quartier de roche, auprès du boucan.

En nous voyant, tout travail cesse, et les étranges personnages nous entourent en criant :

— Bonzour, César !
— Salam, vié Césàr.
— Quouque-vous n'en dit, voir à nous travailler?

Ces interpellations s'adressent à notre guide qui y répond avec

une cordia'e bonhomie. Un homme, grand, sec, robuste, portant
une belle barbe rousse, vient à notre rencontre et nous salue avec
une parfaite distinction. C'est le frère A... et les jeunes gens sont
des pénitenciers de l'Ilette préparant un convoi de bois à construire.
Après quelques mots échangés nous continuons à monter et au bout
d'une demi-heure nous sommes arrivés. A nos pieds, tous se confond dans l'obcurité ; entre les deux versants de la ravine, Saint Denis
apparaît à l'horizon : la mer est bleue. Cinq minutes encore et nous
voici au sommet du plateau, devant les constructions du pénitencier.

Les frères du Saint Esprit nous accueillent avec une cordialité, une
expansion qui nous font plaisir. Leur maison n'est point un palais ;
c'est quelque chose de moins qu'une chaumière : il ont deux chambres, un salon, un office ; la cuisine est un hangar, noir, mal bâti,
à peine fermé. Derrière, au bout d'une immense cour, sont les bâtiments du pénitencier. Les élèves couchent sur des nattes tendues
sur un lit de camp ; ils ont un réfectoire très-propre, un joli jardin où ils se promènent à loisir, et une petite bibliothèque. Ce sont
eux qui ont tracé le chemin que j'ai décrit : il ont bâti le pénitencier, planté le jardin, creusé les citernes, élevé un aqueduc en
bambou qui conduit l'eau du *Citron* à l'Ilette. Le *Citron* est une
crête qui relie l'Ilette à la plaine d'Affouches qui s'étend au sommet
des remparts jusqu'au cirque de Salazie.

Je passai trois jours à l'Ilette, dont un dimanche. Ce jour-là je
pus voir les amusements des pénitenciers. Il est peu de ceux-ci qui
soient intraitables. Ils sont dirigés avec douceur, et leur caractère
se bonifie petit à petit. Les plus jeunes sont très-intéressants. Ils
sont naïfs et malicieux à la fois. Que de tours ils jouent aux bons
frères ! Et combien les frères se divertissent, lorsqu'une bonne plai-
santerie fait diversion aux tristesses de leur exil.

Il faut, en effet, du dévouement pour que trois hommes s'enferment
dans un lieu désert, plus séparés du monde, malgré leur apparente
liberté, que le trappiste ou le chartreux. Ils reçoivent quelques
journaux, lisent, prient et travaillent. Leur vie s'écoule, paisible,
douce, monotone, au fond de ces ravins, entre ces forêts sombres.

Le quatrième jour me réservait une gracieuse surprise. M. M. C.
de V... et G. V. me vinrent chercher pour me conduire à Saint-
Gilles, chez M. de V... un des plus riches propriétaires de la
colonie, un des plus beaux caractères que j'aie jamais rencontrés.

Nous reprîmes donc le chemin de Saint-Bernard et nous arrivâmes sans accident à la cure où une voiture nous attendait. Après avoir traversé quatre ravins, être descendus à la pointe de la Possession, nous passâmes à gué la rivière des Galets et celle de la Plaine, et vers quatre heures nous arrivions à Saint-Paul.

Saint-Paul fut la capitale de la colonie jusqu'en 1738. La ville est bâtie entre la mer et un grand étang très-poissonneux où l'on fait une grande pêche le jeudi-saint. Un demi-cercle de montagnes entoure la vallée de Saint-Paul et vont aboutir à la pointe des Galets et au cap la Houssaye. Saint-Paul possède un joli bazar, une caserne, un hôpital, un collège et plusieurs écoles. La ville est dominée par les plateaux du Bérnica. Cela me rappelle que madame Georges Sand dit, en un de ses romans, que les Créoles de Saint-Denis vont, avant de se coucher, se promener au Bernica et à Salazie. Or, le Bernica est à cinquante kilomètres de Saint-Denis, et il faut au moins huit ou dix heures pour monter à Salazie.

La belle chose que l'imagination.

VIII

Saint-Gilles. — Saint-Leu. — Les Colimaçons. — Stella Maris.

La commune de Saint-Gilles est le centre d'un certain nombre d'habitations. L'on appelle habitations les sucreries et les maisons des *sucriers* que nous appelons *planteurs*. La sucrerie la plus importante appartient à M. de V... chez qui j'eus l'honneur de passer dix jours et dont je me rapellerai toujours la somptueuse et cordiale hospitalité. La maison de M. de V... est bâtie en style indien, au milieu d'un parc immense entouré de propriétés, aussi grand qu'un de nos cantons. Dans le grand salon du château, l'on admire un portrait au pastel de M. Charles Desbassyns, beau-père de M. de V... et un très-beau portrait du célèbre ministre de la restauration, Joseph de Villèle.

M. de V... possède chez lui un hôpital pour ceux de ses engagés qui sont malades. Il a fait construire une ég'ise gothique, en rotonde, dans son parc, et une grande maison destinée à servir de résidence aux pères de la compagnie de Jésus. Si le respect ne me fermait la bouche, je dirais ici tout le bien que répandent autour d'eux les membres de cette illustre famille, l'une des plus anciennes de la colonie, l'une des plus nobles du midi de la France. Je m'abstiendrai donc de donner libre cours à mon admiration : les Créoles qui liront ces modestes notes comprendront ma pensée et mes autres lecteurs la devineront sans peine,

Un jour, il fut décidé que nous ferions une excursion à Saint-Leu et aux Colimaçons, chez les beaux-frères de M. de V... Nous partîmes donc. Il nous fallut franchir neuf rivières coulant dans autant de ravines avant d'être arrivés. Si je ne craignais d'être un peu long, je décrirais le site grandiose, mais sauvage de la Grande Ravine Ce sont des entassements de roches, des précipices, des forêts et des cascades, formant un véritable chaos.

La rivière se précipite, en trois chutes, d'une hauteur effrayante, et se fraie un passage à travers d'énormes blocs de granit.

Saint-Leu est un chef-lieu de canton, qui étale sur la plage, au pied d'un rocher abrupt, sa rue bordée de mimosas et jolie petite église. Son territoire produit jusqu'à cent mille kilogrammes de café par année.

Tout auprès de Saint-Leu, au dessus d'une chapelle dédiée à Notre-Dame de la Salette, se trouve la pointe du Portail. A quelques mètres de là, un gouffre insondable lance à une hauteur prodigieuse un jet d'eau d'une force énorme. Pendant les raz-de-marée surtout, ce phénomène est extraordinaire. On nomme ce gouffre le *Soufflet*.

C'est à Saint-Leu qu'eut lieu en 1811, la révolte des noirs. Aux Colimaçons, l'on admire une fort belle église de style romain qu'un seul homme a construit en sept ans. Cet homme était un jeune engagé malgache qui tailla et posa lui-même toutes les pierres dont est bâti l'édifice. Un parquet en mosaïque; des vitraux coloriés donnés par les membres et les alliés du fondateur de l'Eglise achevèrent de faire de celle-ci le plus beau monument religieux que possède la colonie.

Cette église a été bâti aux frais de M. le marquis de Châteauvieux et sur les plans de sa fille aînée. Elle est aujourd'hui entièrement terminée et a été consacrée en 1866, sous le vocable du Sacré-Cœur.

De Saint-Leu, nous repartîmes pour les Bas-de-Saint-Gilles, en suivant la route qui longe le bord de la mer.

Saint-Gilles dont j'ai eu l'occasion de parler à propos du port en projet est un charmant village assis au bord d'une rivière et caché sous l'ombre de gigantesques bambous. Ces maisons de bois avec leurs toits rouges, leurs murs blanchis, leurs varangues chargées de lianes aux fleurs multicolores sont mille fois plus coquettes que ces fameux châlets suisses dont tout le monde parle et que personne n'a jamais vus. Elles se mirent dans l'eau dormante où se reflètent le vert d'émeraude des rizières et le sommet nuageux des montagnes. La petite rivière décrit dans la vallée des courbes sinueuses, et l'on dirait qu'elle veut imiter les grands fleuves, qui tournent, reviennent, se tordent en méandres capricieux avant d'atteindre leur extrémité, la mer.

Sur la plage, blanche nappe de sable que parsèment d'innombrables coquillages, s'élèvent quelques masures. Un peu en arrière, cette maison basse, rustique, appartient à M. de V... qui la cède aux malades auxquels la docte faculté ordonne des bains de mer. C'est aussi là que les sœurs de la léproserie viennent se reposer de leurs fatigues. Quand j'y fus, j'y rencontrai la mère Marie-des-Anges, née de L... sainte et digne femme qui fut l'une des premières fondatrices des filles de Marie. Je reçus d'elle avec reconnaissance une belle collection de coquillages dont j'enrichis mon bagage déjà bien lourd.

Sur la chaussée, au bord de la mer, une église pauvre, mais bien poétique dans sa pauvreté, a été dédiée à la Mère des marins. C'est un touchant spectacle que celui de ce temple sacré, jeté au bord de l'immensité, dominé par des monts altiers qui dressent leurs cîmes dans les cieux. Et ce sanctuaire porte écrit, à son fronton, ces deux mots que tous saluent : *Stella Maris.*

IX

Sainte-Clotilde. — Le Butor. — La Rivière-des-Pluies. — Les Quartiers.

A trois kilomètres de Saint-Denis, se trouve la jolie petite église de Sainte-Clotilde, et tout auprès de là le débarcadère du Butor, que borde une magnifique promenade plantée de tamariniers, sous lesquels, le dimanche, viennent danser les Cafres.

La danse des Cafres, appelée *seqa*, ne ressemble en aucune sorte à la valse ou au quadrille qui font les ornements de nos salons civilisés. C'est une danse véritablement pittoresque, et qui l'est parfois à un tel point, que l'on est obligé de l'interdire en public. Figurez-vous donc trente démons, mâles et femelles, vêtus seulement de leur peau noire, craquelée, luisante, mais parés de toutes sortes de choses hétéroclites, colliers de verroteries, ceintures faites avec des copeaux de bois, mêlés de lambeaux d'étoffes multicolores, bracelets de coquillages; leurs cheveux sont ornés de plumes, de fleurs, de feuilles. Cela compose un cortége d'êtres fantastiques, d'un grand effet comique, mais que l'on n'aimerait point à rencontrer entre chien et loup, au coin d'un bois. Tous ces bons noirs exhalent une odeur assez désagréable, grâce à l'huile de coco rance, dont ils ont eu soin de s'enduire. Ils brandissent d'une main des bâtons, des vessies gonflées d'air, des peaux de chats, des branches d'arbres, d'étranges bouquets, accessoires de ce cotillon infernal.

Puis le *bobre* se met à grincer, à glapir, à déchirer les oreilles de ses accents stridents. Aussitôt, le visage grimaçant des danseurs s'épanouit. Ils commencent par dodeliner la tête en souriant; ils se trémoussent, ils dessinent les premiers pas de cette chorégraphie bizarre; à ces préliminaires, succèdent des contorsions, puis soudain, toute la bande s'élance en poussant des hurlements de joie, et chacun exécute ce que nos étudiants nomment un petit « *chahut* corsé ». Tel tourne sur lui-même avec la vélocité d'une toupie; tel saute à des hauteurs prodigieuses, cabriole, fait la culbute, la roue; tel autre danse, non sur les pieds, ce qu'il estime trop vulgaire, mais sur les mains. Les moins hardis valsent comme des Allemands, roides, le cou tendu, le regard fixe. Chacun, en même temps, chante sa chanson favorite. De telle sorte que si l'œil est ébloui par ce vertigineux tournoiement qui ne s'arrête pas une seconde, l'oreille est assourdie par les clameurs qui composent le plus cacophonique de tous les concerts.

La scène se passe sous les grands arbres du Butor. Elle dure longtemps; on est plus tôt fatigué de la contempler que les noirs ne le sont de danser. Les rangs de la foule néanmoins sont fort pressés autour du théâtre de ces ébats sauvages. Il paraît que l'horrible exerce une certaine attraction sur la nature humaine.

Il faut dire aussi que *la sega* n'est point toujours renfermée dans les bornes d'une stricte décence, et qu'elle se termine souvent par des orgies qui se prolongent très-avant dans la nuit et rappellent les saturnales de la Rome païenne. L'on m'a parlé aussi d'une grande fête que les Indiens célèbrent dans les premiers jours de janvier et qui se nomme, je crois, le Yamsey. Elle est fort scandaleuse, mais les autorités civiles n'ont pas cru devoir la proscrire, bien que, à ce que l'on m'a assuré, elles ne permis-

sent point les processions du *Corpus Domini*. C'est une façon
d'entendre la liberté des cultes qui est assez volontiers pratiquée
en Fr nce Mais ce Yamsey ressemble, dit-on, aux abominables
f tes de la déesse Dourga et de Sita qui se célèbrent publiquement
dans l'Inde anglaise.

Au-delà de Sainte-Clotilde, — car je préfère, sans plus tarder,
revenir à un sujet moins inconsolant, — se trouve la Rivière-des-
Pluies. C'est une fort belle villa entourée d'un beau parc, et d'où
l'on domine un assez vaste territoire. On a, de là, un très-beau
panorama : toute la côte, depuis Sainte-Suzanne, jusqu'au cap
Bernard.

Le *quartier* le plus voisin est Sainte-Marie, dont l'église remonte aux premiers temps de la colonisation. Le quartier qui
était habité dès 1671, s'étend de la Rivière-des-Pluies à la Ravine-
des-Chèvres. C'est là que les jésuites ont installé deux établissements dont on reconnaîtra l'utilité dans quelques années, bien
que dès aujourd'hui ils aient donné déjà des résultats.

Notre-Dame-de-la-Ressource et Nazareth sont des pensionnats
où les Pères élèvent des enfants malgaches destinés, après avoir
reçu une instruction professionnelle, à retourner dans leur ville
natale, dont ils deviendront les civilisateurs.

Près du pont de Desbassayns, à la Rivière-des-Pluies, s'élèvent
l'église Saint-François-Xavier, à l'ombre de laquelle reposent les
restes mortels du *Père des Noirs*, Mgr Monnet, dont il sera parlé
plus longuement dans le chapitre suivant. La particularité de
Sainte-Marie, c'est que c'est le quartier qui produit le plus de vanille. J'y ai fait deux promenades qui m'ont laissé des souvenirs
ineffaçables, en compagnie d'un jeune prêtre, qui est devenu l'un
de mes meilleurs amis, et qui a longtemps habité ce lieu. Un soir,
nous revînmes ensemble de l'Assomption de Saint-Denis, à Sainte-
Marie. L'air resplendissait de constellations; la lune projetait une
intense clarté sur la campagne ; les filaos chantaient, au souffle
de la brise des montagnes ; des senteurs embaumées imprégnaient
l'air pur. De quoi causâmes-nous, cher abbé? De Dieu, qui avait
donné à cette île de si merveilleuses beautés, de ce pays que nous
aimions plus encore que nous ne l'admirions, d'espérances chère
ment caressées, que le vent de la tempête a fait évanouir. Oh ! si
nous pouvons, comme les anciens, marquer les jours fastes d'une

pierre blanche, ce jour-là restera dans ma mémoire comme l'un des plus heureux et des plus beaux de ma vie !

. . . .

Je n'ai point visité les autres quartiers, mais j'en veux néanmoins parler, afin de compléter, autant qu'il est possible, ces notes d'un voyageur pressé, écrites au courant de la plume, et qui n'ont d'autre mérite que de dire ce que l'on ne rencontre que dans des livres trop rares et trop peu connus. Dois-je saisir cette occasion pour ajouter que ces notes n'ont point la prétention d'être un cours de géographie et d'histoire.

Sainte-Suzanne et le Quartier-Français sont des plus anciens de l'île. On dit que les champs de blé qu'on y voyait autrefois rappelaient aux colons la mère-patrie.

Salazie doit son origine à la source thermale découverte aux pieds des Salazes, en 1815, par d'intrépides chasseurs de cabris marrons. Le village est situé sur les bords de la Mare-à-Poules-d'Eau. L'agence de Salazie compte 4,964 habitants et comprend le vaste cirque ou bassin de la rivière du Mât jusqu'au pont de l'Escalier, et forme trois paroisses, Notre-Dame-de-Salazie, Saint-Henri-de-Hell-Bourg et Saint-Martin. Le climat de Salazie est délicieux. L'air y est plus doux qu'à Toulon. Ses montagnes et ses vallées produisent des céréales, de bons légumes, d'excellentes racines, un peu de café, du tabac. Beaucoup de Créoles y vont en villégiature. Un écrivain fameux a raconté, qu'après leur dîner, les habitants de Saint-Denis vont respirer l'air du cirque de Salazie. C'est à peu près comme si l'on racontait que les habitants de Genève, entre le repas de midi et celui du soir, font une petite promenade au sommet du Mont-Blanc.

Saint-Benoît est le pays natal de Joseph-Henri Hubert, qui planta et propagea le girofle à Bourbon. Il a pour principal monument la maison des Filles-de-Marie, dans une îlette de la rivière des Marsouins. Dans les hauts, se trouve l'immense plaine des Palmistes, où l'on a bâti une ferme modèle, près du hameau de Sainte-Agathe.

Dans la partie sous le vent, outre Saint-Paul et Saint-Leu, dont j'ai déjà parlé, se trouvent Saint-Louis, Saint-Pierre, Saint-Joseph et Saint-Philippe.

Saint-Louis était érigé en paroisse dès 1736. Le bourg chef-lieu de la commune, s'est déplacé en se rapprochant de la rivière Saint-Etienne, car on voit dans les hauteurs de l'Etang-Salé les ruines de la première église qui y fut construite. La commune s'étend, y compris le cirque intérieur de Filaos, depuis la ravine des Avirons à la rivière Saint-Etienne, et de la mer au Pitou-des-Neiges. Sur les bords de son étang poissonneux , au milieu d'une plaine, gagnée sur les marécages, se voit le château du Gol, construit en 1777 par M. Desforges-Boucher. L'une des belles églises de la commune est le pèlerinage de Notre-Dame-des-Neiges, dans le cirque de Cilaos, qui compte une nombreuse population, et où se trouve la plus belle source thermale de la colonie. La commune comprend aussi les vastes solitudes de la plaine des Mockes et de la plaine des Mules.

Saint-Pierre, longtemps connu sous le nom de quartier de *la Rivière-d'Abord,* est le rival de Saint-Denis. L'enceinte de la ville, tracée par le chevalier Banks, forme un vaste rectangle entre la rivière d'Abord et la rivière Blanche. Cet espace, divisé en carreaux, est coupé de rues se rencontrant à angles droits. La ville s'élève sur la pente de la montagne et descend par une pente rapide jusqu'au rivage.

C'est entre Saint-Philippe et Sainte-Rose, entre le rempart du Tremblet et le rempart du Bois-Blanc, que s'étend un espace d'environ neuf kilomètres des côtes, que l'on appelle le *Grand Brûlé* ou Grand-Pays-Brûlé. C'est le lit actuel du volcan de Bourbon. Là, sur plusieurs lieux d'étendue, sauf quelques rares oasis, la terre n'offre aucun signe de végétation. On n'y voit que des vestiges d'un immense incendie.

X

NOTES HISTORIQUES.

L'île Bourbon (1) fut découverte en 1513 par des navigateurs portugais qui la nommèrent d'abord *Sancta Appollonia*, sans doute parce qu'ils la découvrirent le 9 février, fête de l'illustre vierge et martyre d'Alexandrie. Le cardinal Saraïva, dans l'*Index des découvertes des Navigateurs,* dont les éléments ont été pris dans les archives du Portugal, sa patrie, dit que don Pedro de Mascarenhas découvrit en 1513 les îles qui portèrent plus tard son nom. Sur une carte portugaise, datée de 1527, Bourbon porte le nom de Sancta Appollonia. Ce nom gracieux ne devait pas rester à notre

(1) Nous empruntons presque textuellement tout ce qui a rapport à l'histoire de votre belle colonie, à l'excellente *Notice géographique et religieuse sur l'île Bourbon,* dédiée au T.-C. F. Jean de Matha, visiteur provincial des Ecoles Chrétiennes, par un des frères de cet institut.

belle colonie. Vers et après 1545, époque donnée à tort par plusieurs auteurs comme date du passage à Sancta Appollonia du
navigateur Mascarenhas, l'île fut généralement nommée Mascareigne. (1)

L'île était alors déserte et couverte de forêts. Elle offrait un sol
fécond, un beau climat, des rafraîchissements en abondance; des
oiseaux de toute espèce remplissaient ses bocages, ses rivages
étaient couverts de tortues, ses rivières et ses côtes fourmillaient
de poisson. Pourtant les Portugais, après avoir laissé quelques
animaux, l'abandonnèrent, sans doute parce que la Providence lui
avait refusé des ports et que ses rivages étaient généralement es-
carpés et ses rades peu sûres.

En juin 1638, le navire *le Saint-Alexis* relâcha à Mascareigne
Le capitaine Goubert qui le commandait, trouvant l'île inhabitée,
y arbora les armes de France. Le 29 janvier 1642, une compagnie
de négociants, à la tête desquels étaient Rigault, capitaine de la
marine marchande, obtint du cardinal Richelieu le privilége de
fonder des colonies à Madagascar et dans les îles voisines, à 'a
condition qu'il en prendrait possession au nom du roi de France.
Le *Saint-Louis*, capitaine Coquet, premier vaisseau expédié par la
compagnie, partit du port de Lorient en mars 1642. Vers le mois
d'août, il relâcha à Mascareigne, encore inhabitée, M. de Pronis,
agent de la compagnie, en prit possession au nom du roi Louis XIV
Le *Saint-Louis* continua ensuite sa route avec tout son monde, et
aborda à Madagascar, au mois de septembre de la même année
En 1649, par ordre du cardinal Mazarin, M. de Flacourt, commandant du Fort-Dauphin, à Madagascar, ravi des récits merveilleux
que lui avaient faits quelques-uns de ses hommes qui arrivaient de
Mascareigne, où les avait exilés Pronis, y envoya sur le *Saint*
Laurent quelques familles pour l'occuper. Le capitaine Roger-du
Bourg prit alors, pour la deuxième fois, possession de cette île
le 15 novembre 1649, au lieu qui fut appelé depuis lors *l*
Possession. L'île fut nommée Bourbon « ne pouvant, dit M. de Fla
court, trouver un nom qui pût mieux cadrer à sa bonté et sa ferti-
lité, et lui appartînt mieux que celui-là. »

(1) L. MAILLARD. *Notes sur l'île de la Réunion.*

En 1671, arriva à Bourbon une escadre royale de dix vaisseaux commandée par M. de La Haye. Après avoir fait reconnaître son autorité dans *l'habitation de Saint-Denis*, qui avait été fondée en 1665, et publié les lettres patentes de Louis XIV qui lui donnaient un pouvoir absolu sur le gouvernement de l'île, il en prit de nouveau et plus solennellement possession au nom du roi.

Ce fut en 1664 que Louis XIV, en créant la compagnie des Indes orientales, pour étendre le commerce de la France, lui concéda avec Madagascar et ses dépendances, l'île Bourbon. Les premiers vaisseaux que cette compagnie expédia à Brest portaient 520 hommes à Madagascar. Trois navires, *le Taureau, l'Aigle-Blanc et la Vierge du Bon Port*, s'étant séparés de l'escadre pour passer à l'île Bourbon, n'y trouvèrent que deux Français, cultivant, auprès d'une fontaine de la côte de l'ouest, du tabac, des plantes potagères, et élevant des porcs et des chèvres qu'ils fournissaient aux navires qui abordaient sur cette côte. L'un de ces solitaires se nommait Louis Pugin. Pris par les Anglais en repassant en France, il perdit tout ce qu'il avait. Mais il obtint sa liberté, revint à Vitry-le-Français, et s'y fit ermite. Son compagnon, qui paraissait lui être soumis, s'engagea au service de la compagnie. Outre ces deux habitants, il y en avait dix autres, originaires de Madagascar, sept hommes et trois femmes. S'étant révoltés contre les deux blancs, ils s'étaient réfugiés dans des lieux inaccessibles, et furent le premier noyau des *noirs marrons*.

Avant de quitter Bourbon, les navires y laissèrent un marchand, nommé Baudry, avec un des principaux agents de la compagnie, appelé Etienne Reynault, et vingt-quatre ouvriers qui étaient sous ses ordres. Dur, mais laborieux et intelligent, Reynault organisa le travail et établit l'ordre. Les hauteurs du Bernica et de Saint-Gilles commencèrent à se couvrir de plantations. Ce faible noyau d'habitants grossit rapidement : la salubrité du climat, les charmes du séjour engagèrent bon nombre de marins qui y relâchaient, à s'y établir. Parmi ceux qu'y déposa, le 24 février 1667, une flotte française venant du Brésil, se trouvait le P. Louis de Matos, portugais, religieux cordelier. Il fut le premier prêtre qui y exerça le saint ministère. En octobre de la même année, M. Jean Jourdié, lazariste, y aborda aussi, envoyé de Madagascar par ses confrères pour y rétablir sa santé et donner ses soins aux premiers colons qui, sous la direction de leur chef Reynault, s'étaient empressés d'édifier une modeste chapelle sur les bords de l'étang de Saint-Paul. L'office divin y fut célébré par le missionnaire que la Providence leur avait envoyé, et qui resta au milieu d'eux jusqu'en juin 1671. Ce fut M. Jourdié qui commença à tenir registre des baptêmes, sépultures et mariages. Il est donc regardé avec raison, comme le premier pasteur de la colonie naissante. En mars 1669, M. Jourdié fut rejoint à Bourbon par M. Michel Montmasson, son supérieur et son confrère, venant aussi de Madagascar, et qui échappa, quelques années après, au massacre du fort Dauphin et ne rentra en France que pour aller chercher au nord de l'Afrique une mort plus glorieuse. Ce digne enfant de saint-Vincent-de-Paul, devenu vicaire apostolique d'Alger, fut, en 1643, attaché à la bouche d'un canon, par ordre du dey et lancé sur les vaisseaux du maréchal d'Estrées.

En 1673, les colons du Fort Dauphin de Madagascar furent impitoyablement égorgés par les indigènes. Quelques-uns purent s'échapper et se réfugier à Bourbon où ils furent recueillis avec empressement. La colonisation était en voie de progrès dans cette île; ce dernier renfort contribua à la développer.

Les réfugiés mirent au service de la colonie naissante tout ce qu'ils avaient de force, d'expérience et de capacité. Ils furent puissamment aidés dans leur tâche par les missionnaires lazaristes qui se fixèrent avec eux à Bourbon. Ce fut surtout à ces pieux et courageux enfants de saint Vincent-de-Paul qu'on dut l'immense amélioration morale qui ne tarda pas à se faire remarquer dans la masse de la population. Quelques protestants fuyant la France, par suite de la révocation de l'édit de Nantes, vinrent se réfugier à Bourbon et accroître sa prospérité. Ils furent si touchés de l'accueil des colons et des soins des missionnaires, que bientôt, et comme d'eux-mêmes, ils revinrent à l'antique foi. Les premières concessions faites régulièrement aux colons ne datent que de 1690, quoique il y eût eu des terrains concédés vers 1673. Mais ce ne fut réellement qu'en 1690 que la culture des terres fut entreprise sur des bases un peu larges, et que l'île Bourbon prit son rang parmi les possessions françaises d'outre-mer. Elle devint une des échelles de l'Inde, et les navires allant à Madagascar eurent l'ordre d'y toucher. La compagnie des Indes s'en occupa plus sérieusement, y établit une administration régulière et permanente. De son côté, la métropole donna, elle aussi, toute espèce d'encouragements à sa colonisation ; elle poussa même la prévoyance jusqu'à envoyer des jeunes orphelines pour être mariées aux habitants, auxquels elles apportaient une petite dot fournie par la mère patrie. Cette première période de l'ère coloniale de Bourbon peut être regardée comme l'âge d'or de la colonie. La pêche, la chasse, la culture, l'élève du bétail faisaient la principale occupation de ces premiers colons. La plupart de leurs maisons demeuraient constamment ouvertes. L'hospitalité de ces habitants était si empressée qu'il y avait un proverbe ainsi conçu : « On peut faire le tour de l'île sans avoir une piastre dans sa poche et sans louer âne ou mulet. »

Les marins de toutes nations avaient surnommé Bourbon le *Paradis terrestre*. Voici le nom de quelques colons auxquels on peut reporter l'origine de la population blanche actuelle : Aubert, Baillif, Cadet, de Guigné, Esparon, Fontaine, Mottet, Naivel, Panon.

La culture des terres ayant pris du développement, les premiers colons sentirent bientôt le besoin de recruter dans les pays voisins, et principalement sur la côte d'Afrique, des hommes habitués aux chaleurs de la zône torride qui pussent plus facilement se livrer à l'exploitation de leurs champs. Telle fut l'origine de la traite et de l'esclavage. Ces pauvres noirs, transportés à Bourbon par les navires de la compagnie, abattirent les forêts qui couvraient presque toute l'étendue de l'île et les remplacèrent par de riches cultures. Ils devinrent les compagnons de travail des habitants, auxquels ils donnèrent leurs sueurs en retour des soins dont ils étaient l'objet; car à Bourbon, les esclaves furent généralement bien traités par leurs maîtres ; c'est que le contrat protecteur du maître aussi bien que de l'esclave fut inspiré par la religion.

En 1671, M. Reynault, gouverneur de l'île, fut remplacé par le capitaine d'infanterie de la Hure, à qui succédèrent MM. d'Orgeret, de Fleurimont, de Vaubulon. Ce dernier, s'étant rendu odieux, fut déposé, arrêté et mis en prison, où il mourut en 1692. M. de Vaubulon fut remplacé par un capucin, le P. Hyacinthe de Quimper, qui, d'après les traditions locales, établit un certain ordre dans son administration et conserva de fait, si ce n'est de nom, son autorité, jusqu'à sa mort arrivée en 1696. Le gouvernement de l'île passa successivement entre les mains de M. Tirelin, qui n'administra que sous la direction du P. Hyacinthe, et de MM. Prades, Joseph Bastide, Jacques de la Cour et Jean-Baptiste de Villers. Celui-ci gouverna Bourbon de 1701 à 1709.

Relativement à la puissance coloniale du P. Hyacinthe, l'on peut consulter les curieux mémoires du capitaine de vaisseau Houssaye, et les *Notes sur la Réunion*, de M. Maillard.

En 1703, un légat *à latere* du pape Clément XI, le cardinal de Tournon, visita Bourbon. Ce personnage, Thomas de Maillard de Tournon, était né en Savoie.

Le légat officia à Saint-Paul, le jour de l'Assomption. Il promit aux habitants de s'occuper de leurs besoins religieux et d'écrire à ce sujet à la propagande de Rome. En effet, quelques années plus tard, Clément XI confiait définitivement la mission de Bourbon aux prêtres lazaristes. En 1712, M. Bonnet, supérieur général des lazaristes, désigna MM. Daniel Renon, Louis Criais, Jacques Haubert et Jean René Biot, pour cette mission. L'embarquement eut lieu à Saint-Malo, en 1712, mais les courageux missionnaires n'arrivèrent qu'en 1714 à Bourbon où ils furent reçus avec la joie la plus vive par le bon chevalier Parat, gouverneur de l'île. Il n'y avait alors à Bourbon qu'un seul prêtre, le P. Duval, religieux augustin. — Saint-Lazare ne cessa d'envoyer des ouvriers évangéliques à Bourbon que lorsque la tourmente révolutionnaire de 93 eut emporté avec toutes les autres congrégations religieuses la famille de saint Vincent-de-Paul. Mais cependant les lazaristes qui se trouvaient en mission à Bourbon ne l'abandonnèrent pas et purent, comme on le verra plus tard, continuer en paix leur ministère comme dans les jours les plus prospères de la monarchie. « Leurs cendres, disait naguère le vénérable évêque de Bourbon, mgr Maupoint, leurs cendres sont à peine refroidies, mais leur mémoire restera toujours parmi nous en bénédiction. Du fond de leur sépulcre, ils prêchent encore la foi et la soumission à l'église aux enfants dont ils ont évangélisé les pères. »

C'est sous le chevalier Parat, qui succéda, en 1710, à M. de Charanville, que fut créé le *conseil provincial* réunissant les pouvoirs administratifs, militaires et judiciaires. Il était composé des directeurs de la compagnie, du gouverneur, des missionnaires et de quelques notables colons. Ses jugements étaient exécutés par provision, sauf l'appel à celui de Pondichéry. Le territoire de l'île fut divisé en sept paroisses, qui reçurent un curé et un agent de la compagnie sous le nom de commandant de quartier ; celui-ci réunissait les pouvoirs civils et militaires.

Sous le chevalier Parat, on s'aperçut que le caféier croissait naturellement à Bourbon. Mais ce café, que l'on appelle encore aujourd'hui *café marron*, fut estimé inférieur à celui d'Arabie. Si bien que le chevalier Parat ayant travaillé à en modifier la culture, M. de *la Boissière*, capitaine de *l'Auguste*, introduisit dans la colonie des plantes qu'il était allé chercher à Moka. Cette culture prit avec le temps beaucoup d'extension et demeura pendant près d'un siècle la source la plus féconde de la fortune coloniale. En 1801, Bourbon récoltait encore trois millions cinq cent mille kilogrammes de café. Avant l'introduction de la culture du café, les productions de la colonie consistaient en récoltes de tabac, de coton, de maïs, de riz, de blé.

En 1724, un *conseil supérieur* remplaça le *conseil provincial*, qui n'était plus en rapport avec les besoins de la colonie.

Il était à la fois législatif, judiciaire et administratif. Ses décisions se rendaient à trois voix dans les affaires civiles, à cinq voix dans les affaires criminelles.

Le célèbre La Bourdonnais, nommé par Louis XV gouverneur général des îles de Bourbon et de France, arriva dans la colonie en 1735. Il était né, en 1699, à Saint-Malo. Aussitôt qu'il eut pris en main le gouvernement des deux îles, il étudia sérieusement leurs besoins. Il protégea et encouragea l'agriculture et le commerce. C'est lui qui favorisa la culture de la canne à sucre et introduisit dans la colonie celle du manioc, du coton et de l'indigo. Les autres céréales triplèrent de produit sous son administration et suffirent non-seulement à l'alimentation de Bourbon, mais encore à celle des îles voisines et des flottes de la France qui sillonnaient la mer des Indes.

La Bourdonnais jeta des ponts sur les fleuves, traça des routes, édifia le palais du Gouvernement, construisit des arsenaux, des casernes, des magasins, des fortifications. Pour entretenir les relations de Bourbon avec l'Europe et l'Inde, le golfe Persique et la mer Rouge, il fallait des vaisseaux et la colonie n'en avait pas.

La Bourdonnais construisit une véritable flotte avec laquelle il prit Madras.

En 1742, La Bourdonnais prit possession, au nom de Louis XV, du petit archipel des îles Seychelles.

Parmi les meilleurs administrateurs de la colonie après le brave Bourdonnais, on cite le fameux Pierre-Poivre.

C'est sous le gouvernement de M. de Cassigny que la nouvelle de la révolution française parvint à Bourbon.

La république y fut proclamée le 16 février 1793. Le 9 avril 1794, la colonie prit le nom d'île de la Réunion. Comme la mère patrie, la colonie eut ses jours de troubles et d'orages. Pourtant la sagesse et la fermeté des mesures prises par l'assemblée coloniale, et le bon esprit qui ne cessa de régner dans la masse de la population, préservèrent la colonie des excès qui ensanglantèrent la France. Dieu ne permit pas que le sol de l'île de la Réunion fût rougi du sang de ses enfants. Il est aussi à remarquer que, dans les jours de la révolution, jamais le culte divin ne fut interrompu dans la colonie; ses autels restèrent debout, ses églises ne furent pas fermées, et ses missionnaires purent continuer l'exercice de leur saint ministère.

En 1799, cependant, un certain nombre d'habitants furent condamnés à la déportation. Le navire qui transportait ces malheureux aux Seychelles, fut attaqué par une frégate anglaise et coulé bas; presque tous les déportés, ainsi que les hommes de l'équipage, furent tués ou noyés.

L'assemblée coloniale était, pour ainsi dire, souveraine, ne laissant guère à MM. de Clermont, Duplessis, Roubaud et Jacob, qui se succédèrent au gouvernement de la colonie, que le soin de sanctionner ses actes. Elle entra dans un système d'amélioration dont elle ne se départit point : elle refondit la législation du pays, institua les municipalités, organisa le jury, les sessions judiciaires. Grâce à ses efforts, la colonie, sans finances, privée de l'appui de la métropole, entourée d'ennemis extérieurs, parvint à se suffire et à s'administrer pendant près de treize ans. Menacée par le pavillon anglais, soumise à des privations de tous genres, la colonie garda une fidélité inviolable aux couleurs nationales, et employa tous ses efforts, toutes ses ressources pour rester française. Dès le 4 Février 1794, l'assemblée constituante avait aboli l'esclavage dans les colonies françaises : l'idée était bonne, mais prématurée ; aussi les citoyens Bacot et Burnel, envoyés par la République pour publier et faire exécuter ce décret aux îles, n'y purent remplir leur mission, et l'esclavage fut maintenu.

A la suite de la paix d'Amiens, le général Decaen fut nommé, par le premier consul, *capitaine général* des établissements français au-delà du cap de Bonne-Espérance. Vers 1804, le général Magallon de la Maclière vint prendre le gouvernement de l'île de la Réunion, accompagné d'un sous-préfet colonial, M. Marchant. A l'arrivée de ces administrateurs, l'assemblée coloniale et ses divers agents cessèrent aussitôt, et sans réclamations, leurs fonctions, et le nouvel ordre de choses fut accepté avec empressement. Malheureusement, la paix d'Amiens n'eut qu'une courte durée, et la guerre ne tarda point à éclater de nouveau. En 1806, l'île de la Réunion reçut le nom de Bonaparte. On la baptisait donc pour la cinquième fois. En 1809, elle subit l'invasion étrangère. Les Anglais avaient tenté de débarquer à Sainte-Rose.

Repoussés énergiquement, ils rallièrent leurs forces et leur division, sous les ordres du commodore Rawley, commandant un vaisseau, cinq frégates et trois corvettes ; il se présenta le 21 septembre à Saint-Paul, s'y empara de trois navires, et, ayant opéré, par surprise, un débarquement nocturne dans les environs de la ville, il s'en rendit maître. Mais avant le soir, les Anglais s'étaient embarqués, après avoir pillé les magasins de l'Etat, encombrés de riches prises récemment faites, et y avoir mis le feu... Le général des Brulys, qui gouvernait alors la colonie, n'eut pas le courage de survivre à ce revers, et se donna la mort.... Après ce coup de main, la division anglaise continua à croiser encore quelques jours devant la rade ; mais, voyant l'attitude prise à terre, elle se hâta de gagner e large.

Le 8 juillet 1810, après une héroïque résistance et une honorable capitulation, la colonie tomba au pouvoir des Anglais, qui lui rendirent son ancien nom d'île Bourbon. Ils avaient, pour opérer cette conquête, plus de vingt navires. Leurs troupes de débarquement étaient composées de dix-huit cents Européens, et de dix-huit cent cinquante cipayes, commandés par le général Keating ; le commodore Rowley commandait l'escouadre dite de blocus. Les Anglais, débarqués à la Grande Chaloupe et à la Rivière des Pluies,

marchèrent directement sur Saint-Denis, capitale de l'île et poin
de mire de l'attaque. La ville fut bientôt cernée. Les gardes natio
nales se trouvèrent coupées, et l'on ne put opposer à l'ennemi que
300 ou 400 hommes, dont 80 soldats de la garnison. Pourtant la
défense fut intrépide et soutenue avec courage ; les Anglais trouvèrent partout de la résistance, et le tombeau élevé à cette époque e⁺
qui se voit encore, au milieu de la plaine de la redoute, atteste ses
pertes.

Plusieurs des valeureux défenseurs de l'île payèrent aussi de leur
sang et de leur vie leur héroïque dévouement. Mais la valeur fut
écrasée sous le nombre. Les honneurs de la guerre furent accordés
aux défenseurs de l'île, et les lois, coutumes et religion des habi
tants furent garanties. Sir Farquhar fut nommé gouverneur de
Bourbon.

Après la perte de cette île, le courage français sut encore préserver
du même sort l'île de France pendant cinq moins entiers. Mais enfin, le 10 décembre, le vaisseau anglais *Lord-Minto* arriva de
Port-Louis, annonçant la prise de cette colonie qu'une capitulation
honorable, après une héroïque défense, avait abandonné à l'Angleterre. Cette triste nouvelle, accueillie avec joie par les autorités
britanniques, jeta la consternation parmi les habitants de Bourbon, dont le cœur, toujours français, souffrait impatiemment la
domination étrangère... Les Iles-Sœurs, après avoir ainsi rivalisé de
courage et de patriotisme, avaient en même temps fournis aux
marins qui les protégeaient l'occasion des plus beaux triomphes
militaires, et ce fut dans leurs parages, que s'immortalisèrent les
hommes de mer les plus renommés de notre siècle : Duperré,
Roussin, Hamelin, L'Hermite, l'intrépide Sarcouf, Bouvet, le
héros du Grand-Port, Créole de l'île Bourbon.

Les autorités anglaises conservèrent en grande partie l'ordre des
choses établies ; leur administration fut généralement assez douce
et modérée, mais pas assez vigilante, ce qui, avec le désarmement
des colons, occasiona une révolte d'esclaves à Saint-Leu.

Ce complot éclata au commencement du mois de novembre 1811 ;
heureusement l'existence en fut dévoilée par le cafre Figaro, qui,
en récompense de sa belle conduite, reçut, avec la liberté, une
pension annuelle et un terrain à Saint-Joseph. Les habitants
d sarmés et livrés à leurs propres ressources, prirent immédiate-

ment des mesures pour réprimer la rebellion, mais elle eut le temps néanmoins de commettre des crimes affreux. Partout où passait cette bande de révoltés, les maisons étaient pillées, les magasins ravagés; les désordres, les assassinats, commis avec une barbarie inouïe. Au milieu de ces actes de cruauté, il fut consolant de voir le dévouement d'esclaves, qui, restés fidèles, exposèrent leur vie pour sauver leurs maîtres. On cite, en particulier, le commandeur de M. Pierre Hibon. A l'approche des révoltés, cet homme de cœur dit à son maître :

— Ne craignez rien, rentrez chez vous, nous vous défendrons; nous savons bien que quand ces scélérats auront tué les blancs, ils tueront aussi les bons noirs.

M. Hibon aurait bien voulu partager le péril, mais son commandeur s'y opposa, le fit entrer presque de force, l'enferma, et, rangeant sa troupe en bataille devant la maison, il attendit de pied ferme les assaillants.

Leur nombre, bien supérieur, leurs cris, leurs menaces, ne purent intimider la bande infidèle. Elle s'élança sur les révoltés, armé* de pioches, de sagaies, d'*acalous*, et, après un combat sanglant, ces derniers furent obligés de battre en retraite, laissant sur la place plusieurs morts et plusieurs prisonniers... Grâce au courage des habitants et des esclaves restés fidèles, l'insurrection était déjà arrêtée et vaincue, lorsqu'un lieutenant anglais arriva à Saint-Leu avec un détachement de trente soldats. Les rebelles arrêtés à l'occasion de ce complot furent livrés à la justice; elle prononça, le 11 février 1812, la peine capitale contre tout accusé.

Pendant la tourmente révolutionnaire, le service divin ne fut point interrompu dans les églises de la colonie; mais sous la domination anglaise, on eut la douleur de voir transformer celle de Saint-Denis en cours judiciaire, à l'occasion de la révolte des esclaves de Saint-Leu. Cependant, au moment où, le 11 février 1812, la justice des hommes s'apprêtait à prononcer sa sentence, tout-à-coup le feu du ciel sillonna la nue, traversa l'église d'un bout à l'autre, et se dégagea, avec fracas, sur son péristile. Le fluide électrique, dans la rapidité de sa course vengeresse, pénétra dans la demeure d'un des magistrats, et y pulvérisa sa femme et sa belle-sœur. Il était une heure de l'après-midi, par un temps magnifique, quand le sinistre arriva.

Le traité de paix signé à Paris le 30 mai 1814, rendit l'île Bourbon à la France. Une division, sous les ordres du capitaine de vaisseau Jurieu, composée de la frégate *l'Africaine* et des flûtes *La Loire*, *La Salamandre* et l'*Eléphant*, fut chargée de porter le personnel de l'administration irlançaise à Bourbon; à sa tête le comte Bouvet de Lorieu, maréchal de camp, commandant pour le roi, et M. Marchant, commissaire-ordonateur. La division arriva à Bourbon dans les premiers jours d'avril 1815, mais ce ne fut que le 6 du même mois que les commissaires anglais, au nom de Georges III leur souverain, remirent la colonie aux mains des commissaires nommés par Louis XVIII.

Cette reprise de possession fut faite avec solennité sur la place d'armes de Saint-Denis, où les troupes françaises et anglaises étaient rangées en bataille. Au centre étaient les commissaires et les officiers. Le major William Carrol ayant proclamé la remise de l'île Bourbon à la France, le pavillon de Sa Majesté britannique fut amené, et immédiatement le drapeau français fut arboré aux acclamations réitérées de :

Vive le roi !

L'un et l'autre pavillons furent salués par les batteries de terre et par les bâtiments en rade qui s'étaient pavoisés. Un *Te Deum* fut chanté.

Privée d'un port, l'île Bourbon, de suzeraine, était devenue vassa'e de l'île de France ; mais le traité de Paris ayant, aux grands regrets des colons des deux îles, abandonné Maurice à la grande Bretagne, Bourbon cessa d'être sous la dépendance de l'île Sœur, ce qui contribua beaucoup à son développement et lui donna une plus grande importance. Lors de la reprise de possession, le nombre des terres cultivées dans la colonie s'y élevait à environ 50,000 hectares, plantés en céréales, *vivres* du pays, caféiers, girofliers et cacaoyers. La culture de la canne à sucre, si négligée jusqu'alors, fit de rapides progrès. Pour la première fois, en 1815, le père de l'industrie sucrière à Bourbon, l'honorable M. Charles Desbassayns, exporta 48 millions de sucre. En 1860, le sucre a donné un produit de 70 milions de kilogrammes.

La traite des noirs fut formellement prohibée par une ordonnance royale du 5 janvier 1817, convertie en loi l'année suivante. L'ordonnance de Louis XVIII, qui abolissait la traite des noirs punissait de l'interdiction et de la confiscation de son navire, le capitaine qui tenterait d'introduire des noirs de traite dans nos colonies. Dès que cette ordonnance eut été promulguée à Bourbon, ce commerce honteux, repoussé par la morale et par la religion, cessa dans la colonie, et si l'on introduisit encore quelques esclaves, ce fut clandestinement.

Ce fut le 25 janvier 1820 que parut, pour la première fois, le choléra asiatique, qui régnait depuis peu à l'île Maurice et à Madagascar. Le mal se concentra d'abord dans la ville de Saint-Denis et y fit de nombreuses victimes, surtout au sein de la population noire. Les habitants de la cité, saisis d'épouvante, s'enfuirent précipitamment de la ville. Des lazarets, des hôpitaux se formèrent, des cordons sanitaires s'établirent, les communications furent interceptées avec les lieux infectés, mais l'épidémie poursuivit inexorablement son cours et ne s'arrêta qu'au mois de mai. Lorsque la révolution de 1830 renversa Charles X, Bourbon était gouverné par le capitaine de vaiseau du Valdailly, qui fut remplacé, en 1832, par le contre-amiral Cuvillier. De 1817 à 1830, la colonie avait eu pour gouverneur : le maréchal de camp de Lafitte de Courteil et les capitaines de vaisseau, baron de Millins, de Freycinet et le comte de Cheffontaines. La plus féconde de ces administrations fut celle du baron Millins, qui montra autant d'intelligence que de science pratique.

La première conséquence de la révolution de juillet, pour la colonie, fut la proclamation de l'égalité entre les diverses classes de la population libre. Ce fut le prélude de l'équité politique qui, peu après, fit entrer les *libres* ou *affranchis* en possession de tous les droits de citoyens français. En 1833, le conseil général créé l'année précédente par le gouverneur de Valduilly, fit place au conseil colonial, supprimé à son tour en 1848, et remplacé seulement en 1855 par un nouveau conseil général.

En 1838, le contre-amiral Hell succéda au contre-amiral Cuvillier.

Ce fut vers la fin du gouvernement de ce dernier, que la reine Sakalave Timekou fit cession au roi des Français de tous ses droits de souveraineté sur les pays situés à la côte occidentale de Madagascar, et sur l'île de Nossé-Bé. Le 13 février 1844, cette île devint une dépendance de Bourbon, qui déjà possédait à ce titre

l'île Sainte-Marie de Madagascar, cédée à la France en 1750. E
1841, Andrian Souly, sultan de Mayotte, archipel des Comores
imitant la reine des Sakalaves, céda à la France la propriété de l'Il
Mayotte dont la prise de possession ne s'effectua qu'en 1843, sou
le gouvernement du contre-amiral Baroche.

L'année 1845 fut signalée par la fermeture des ports Hovas de
Madagascar, et par l'affaire de Tamatave qui en fut la suite. Madagascar, à cent lieues de Bourbon, était, à cette époque, son grenie
d'abondance; la colonie en recevait ses approvisionnements en
bœufs, riz, salaisons et autres denrées et marchandises; Bourbon
lui donnait en échange des toiles de l'Inde, des armes, de la poudre de guerre, des liqueurs, des piastres d'Espagne et des produits
des manufactures françaises. Mais, au mois de juin 1845, les port
Hovas de Madagascar furent fermés, les commerçants français e
étrangers chassés par ordre de la reine Ranavalona. L'alimen'ation
et le commerce de Bourbon et de Maurice eurent beaucoup à en
souffrir.

A cette triste nouvelle, le commodore Kelly, commandant la
frégate *Convay*, de S. M. B. et le capitaine de vaisseau Romain
Desfossés, avec les corvettes françaises le *Berceau* et !a *Zelée*, se
rendirent à Tamatave pour y protéger les traitants européens.
Leurs réclamations étant méprisées par les autorités hovas, les
hostilités commencèrent le 15 juin 1845. En mêmes temps que les
navires ouvraient leur feu sur Tamatave, un corps de débarquement de 400 hommes composé des équipages des bâtiments français et anglais prit terre et s'empara non sans une vive résistance
des premières défenses; mais les Malgaches s'étant réfugiés
dans le fort de la place bien garnie de bouches à feu, faisaien
pleuvoir balles et *sagayes* sur les assiégeants, qui, après de vains
efforts, reconnurent l'impossibilité de s'en emparer. Devant un
ennemi abrité et dix fois plus nombreux, le détachement anglo-
français dut battre en retraite et rejoindre ses embarquations; i
avait eu environ 80 hommes tués ou blessés. Les Malgaches tran-
chèrent la tête aux cadavres des Européens restés sur le champ de
bataille, et les fixèrent ignominieusement sur des pieux plantés le
long de la plage, où ces tristes trophés de la boucheries des Hovas
sont restés exposés jusqu'en 1853 ; ce ce n'est qu'à la fin de 1861
que les dispositions hostiles du gouvernement hovas à l'égard des

blancs ont cessé, par la mort de Ranavalona et par l'avénement au trône de Radama II, qui se déclara solennellement l'ami et le protecteur des Européens et de leur civilisation.

Vers cette époque, la pensée d'une abolition prochaine de l'esclavage dans les colonies françaises donna naissance à un système le patronage plus actif en faveur des esclaves. Ce patronage fut organisé par les lois de 1845. En conséquence, on chercha à leur assurer une instruction morale et religieuse qui les initiât peu à peu à la vie civilisée; mais les événements politiques de 1848 précipitèrent la solution de cette grande question ; et si les résultats de l'émancipation immédiate n'ont pas été aussi désastreux qu'on pouvait le craindre, il n'en faut savoir gré qu'à l'abnégation des colons, non moins qu'au bon esprit de la population affranchie, mais surtout aux salutaires enseignements du clergé colonial et des congrégations religieuses employées à cette sublime mission. Par leurs soins soutenus, ces missionnaires avaient sagement préparé à la liberté la race noire, en l'initiant aux sentiments de la famille, aux devoirs du chrétien et à la dignité de citoyen français. Parmi les missionnaires qui s'occupèrent davantage de la conversion des esclaves, il faut citer celui que leur reconnaissance appela le père des noirs. A une grande force physique et à une stature colossale, M. Monnet joignait le zèle ardent et infatigable des hommes apostoliques. Dès 1842, il réunissait quinze cents néophytes à Saint-Denis, et sept ou huit cents à la chapelle de Saint-François-Xavier qu'il avait bâtie à la Rivière-des-Pluies, avec l'aide des noirs et de quelques blancs; aussi les baptêmes, les premières communions et les mariages se multipliaient parmi les esclaves. Le dévouement de M. Monnet fut apprécié par le gouvernement métropolitain, qui lui accorda la croix de chevalier de la Légion-d'Honneur. Pie IX le créa préfet apostolique de Bourbon. A son retour de France, M. Monnet fut forcé de se rembarquer. On l'avait accusé d'avoir signé une pétition qui demandait l'abolition de l'esclavage. Il voulut se justifier; mais tout fut inutile, les esprits étaient prévenus, et M. Monnet dut repartir pour la France. Nommé d'abord supérieur de la Congrégation du Saint-Esprit, vicaire-général honoraire de Paris, par bulle du 3 octobre 1848, le Souverain-Pontife éleva M. Monnet à la dignité d'évêque de Pella, *in partibus infidelium*, et le nomma vicaire apostolique de Madagascar. Il fut sacré à Paris par le cardinal Giraud. Quelques mois plus tard, rendant le bien pour le mal, l'évêque missionnaire se vengeait noblement en soutenant, pendant six heures, au sein d'une commission chargée de régler les destinées des colonies, la nécessité d'une indemnité et pour les noirs et pour les blancs. Mgr Monnet revint à Bourbon, accompagné de plusieurs missionnaires, en novembre 1849.

Il visita Sainte-Marie de Madagascar, confirma plusieurs insulaires, et ne put que saluer la grande terre de Madagascar. Le 1er décembre il mourait, à peine âgé de trente-huit ans, d'un accès de fièvre pernicieuse, en posant le pied à l'île Mayotte.

———

Le contre-amiral Baroche fut remplacé, en 1846, par le capitaine de vaisseau Graëb qui, en 1848, proclama la République à Bourbon, qui reprit le nom d'île de la Réunion. L'affranchissement général et immédiat des esclaves, dans les colonies françaises, fut décrété par le gouvernement provisoire de la république. Ce fut le 18 octobre qu'arriva, dans la colonie, le commissaire-général Sarda-Garriga, chargé de faire exécuter sur-le-champ ce décret. Il fut reçu dans l'île avec les égards dus à son caractère de représentant du gouvernement français, et les habitants ne firent entendre ni plaintes, ni murmures. De leur côté, les esclaves furent joyeux, mais calmes et convenables dans leur joie. Avant le jour fixé pour l'émancipation, M. Sarda-Garriga, qui avait un sens droit et des sentiments honnêtes, parcourut la campagne et visita les ateliers ruraux. Il y trouva l'ordre, la discipline et le travail. Il vit la possibilité d'établir la liberté et de maintenir le travail. Il soumit donc les affranchis à prendre des engagements comme travailleurs ou domestiques avec les propriétaires qui, de leur côté, s'engageaient à donner à leurs « engagés » le logement, la nourriture, les soins médicaux, un salaire en argent, et prenaient à leur charge jusqu'aux frais d'inhumation de l'engagé.

L'affranchi, justifiant des moyens d'existence, était dispensé d'engagement. Par là, M. Sarda-Garriga sauva l'agriculture, et

garantit en même temps l'ordre public et le bien-être des nouveaux affranchis. Ainsi, grâce à ces sages mesures, à l'abnégation
des colons et au bon esprit de la population affranchie, le grand
acte de l'abolition de l'esclavage, à l'île Bourbon, s'accomplit heureusement sans ces commotions qui le signalèrent aux Antilles.
La colonie en témoigna sa reconnaissance à M. Sarda Garriga en
lui offrant une pension de 3,600 francs, votée par le conseil général. Les esclaves libérés étaient au nombre de 60,161 ; les colons reçurent pour chacun d'eux une indemnité de 733 francs, en
rente sur l'Etat à 3 %.

Le capitaine de vaisseau Doret succéda en qualité de gouverneur
au commissaire-général de la république. Il arriva à Bourbon en
1850. Le commandant militaire de Bacolet gouvernait la colonie
par interim. Sous l'administration énergique et bienveillante de
M. Doret, l'œuvre qu'avait inaugurée son prédécesseur se continua
et s'affermit, grâce aux sages mesures qu'il sut prendre ; mesures
qui, en assurant définitivement la tranquillité publique, le main
tien de l'ordre et la conservation du travail, lui valurent les sym-
pathies du pays.

Sur la demande du gouvernement français, l'île de la Réunion
fut érigée en diocèse, suffragant de Bordeaux, par S. S. Pie IX, le
27 septembre 1850. Saint-Denis devint ville épiscopale et siége du
nouvel évêché.

Le premier évêque de Saint-Denis fut Mgr Julien-Florian-Félix
Desprez, qui arriva dans son diocèse le 22 mai 1851. Les colons
saluèrent avec bonheur la venue de ce digne prélat. Mgr Desprez,
après avoir gouverné avec beaucoup de zèle et de dévouement son
diocèse, fut transféré, en 1857, à l'évêché de Limoges, et, en 1859,
à l'archevêché de Toulouse. Il fut remplacé, à Bourbon, par
Mgr Amand-René Maupoint, qui est mort saintement, il y a quel
ques années, et dont l'épiscopat fut la gloire de son diocèse.

Les conséquences de l'érection de l'évêché de Saint-Denis furent
des plus heureuses pour la colonie. Une impulsion nouvelle fut
donnée à la régénération religieuse ; les églises et les chapelles se
multiplièrent, ainsi que les établissements religieux et les écoles ; un collége diocésain et deux colléges ecclésiastiques furent
ouverts ; les sociétés de Saint-Vincent-de-Paul, de Saint-François-

Xavier, de Notre-Dame-de-Bon-Secours et plusieurs associations pieuses ou charitables se développèrent.

En un mot, depuis cet heureux événement, les progrès qu'a fait la religion dans ce pays sont des plus consolants.

Notre tâche s'arrête ici. Les événements qui ont marqué dans l'histoire de la colonie depuis la proclamation du second Empire ne sont point de notre domaine.

NOEL

AU PIED DU SINAI

NOEL

AU PIED DU SINAI

Charles, vous souvenez-vous de cette belle nuit de Noël que nous passâmes, il y a bien longtemps, à bord de l'*Hoogly* qui revenait des Indes ? Ce fut pour moi un de ces jours que l'on marque avec une pierre blanche... Quelle joie sur le pont de l'immense *steamer!* quelle fête joyeuse, quelle pieuse allégresse ! Nous avions bien souffert. Nous étions brisés par les fatigues d'un long voyage, épuisés par les efforts soutenus contre la tempête, et, la veille encore, il nous semblait que le fil qui nous attache à la vie allait se rompre soudain. Le calme vint après ces orages. Il n'en reste plus aujourd'hui qu'un souvenir... sans amertume.

Le ciel était d'un bleu intense constellé de tous les diamants de son écrin qui, se réfléchissant dans les flots, en faisaient jaillir comme des myriades d'étincelles. Aucun nuage ne voilait cet azur immaculé, d'une transparence telle qu'il nous semblait apercevoir à travers les espaces un volumineux rayon du paradis. La mer s'étendait autour de nous, vaste, d'un noir moiré d'argent ; derrière le navire s'allongeait une large traînée phosphorescente, route qui s'efface à peine tracée. Pas un souffle de brise ne se jouait dans les agrès ; le sourd grondement de la vapeur et les trépidations saccadées de l'hélice troublaient seuls le silence.

A notre droite, vous vous le rappelez, s'élevait une masse imposante dont la cime touchait aux étoiles ; là, Dieu apparut à Moïse ; du haut de ces âpres sommets Dieu proclama la loi divine qui régit tout le monde. Le Sinaï ! Quel nom !...

Sur la dunette, quelques matelots dressaient un autel. Une table drapée de pavillons multicolores, une croix, deux flambeaux à verrines de cristal posés sur une nappe blanche comme la neige. Rien de plus.

Et c'était grand, et c'était beau, et c'était auguste.

Le fond de l'autel, pavillon sarde aux trois couleurs, portait au centre une croix d'argent en champ de gueules : l'écusson de Savoie. Coïncidence étrange, n'est-ce pas ?

Quand on piqua le quart après onze heures, il y eut grand tumulte dans les cabines, au poste d'équipage, sur le gaillard d'avant, partout.

Le bon père M... apparut vêtu des habits sacerdotaux, le saint calice entre les mains. Quelle vénérable figure, mon ami, avec ses longs cheveux blancs se jouant autour de son front, avec cette noble expression de recueillement et d'amour divin qui reflétaient ses traits. Tout le monde courba la tête devant le missionnaire qui depuis trente années parcourait l'univers, enseignant aux nations l'Évangile du Rédempteur.

Le père M..., dont le nom est ignoré des lecteurs du *Siècle* et des flâneurs du boulevard, a parcouru la Chine, les Indes, l'Océanie.

Il a été crucifié sur la côte d'Afrique, fouetté à Shang-Haï, emprisonné dans le district de Kachemir; il a subi deux mois de cangue dans le Tien-Tsi. Pendant trente ans il a souffert, lutté, travaillé sans trêve ni relâche; après c's labeurs incessants, il possède pour toute fortune une soutane usée et le beau chapelet de corail que le Saint-Père lui donna quand il l'alla supplier de l'envoyer au Ton-King.

Comme vous le voyez, Charles, notre cher père est un de ces calottins fainéants qui « s'engraissent de la sueur du peuple ». Il y a des gens qui se croient très-modérés en l'appelant seulement fanatique.

Le tambour battit aux champs et le prêtre commença :

— *Introïbo ad altare Dei...*

Tous étaient présents, le capitaine, les officiers, les hommes, en grande tenue, les passagers, pauvres ou riches, touristes, émigrants, prosternés dans le même esprit, avec les mêmes intentions, aux pieds de cet autel.

Sur la mer voguait, glissait comme un cygne sur l'onde fraîche d'un ruisseau, le coquet navire avec ses mâts élancés et son panache de fumée grise ondoyant dans les airs.

J'étais ravi. Quoi! j'assistais au sacrifice célébré devant le Sinaï, sur la mer Rouge, au milieu des souvenirs que rappellent ces lieux!... C'était un merveilleux spectacle, et les cœurs les plus endurcis en eussent été touchés. Cet air pur, ce firmament diaphane, ces astres chatoyants, cette mer limpide... comme c'était beau... D'aucuns pleuraient parmi ces matelots à visages bronzés qui revenaient des confins du monde.

A cette heure, les miens assistent aussi à la messe, dans notre vieille cathédrale bien froide, bâtie en 565 par le roi Gontran et consacrée par l'archevêque de Vienne, Isichius II. La foule se presse, émue, joyeuse, sous les arceaux romans, sous les voûtes gothiques. Les orgues chantent leur céleste concert, notes argentines éclatant au milieu d'une gerbe d'accords majestueux... hautbois gazouillants mêlés aux sons plus graves du violoncelle. On croit entendre les voix suaves des anges redisant, chœur harmonieux et presque divin, l'admirable cantique *Gloria in Excelsis.*

Le vieil évêque, avec sa chape sans plis, aux orfrois splendides, avec sa mitre étincelante de pierreries, s'avance entouré d'un cortége nombreux de prêtres et de lévites. L'encens exhale ses parfums subtils, remplissant la basilique d'un nuage embaumé !... l'autel brille de mille feux... Les têtes s'inclinent sur le passage du Pontife.

Ah ! sans doute, ma mère pense à celui de ses fils qui prie aussi à dix-huit cents lieues du sol natal et qui vogue, insouciant du danger, sur un abîme. Elle demande à l'Enfant-Sauveur de veiller sur ce fils qu'elle ne s'attend pas à revoir sitôt et qu'elle a failli ne revoir jamais. Ne pleure pas, mère, la Vierge a veillé sur lui; il revient, sauf, content, et ne repartira plus.

Entendez-vous, la cloche sonne, vibre, envoie ses clameurs sonores à tous les échos. L'hostie rayonne entre les mains du prêtre.

Charles, ne savez-vous plus la vieille légende de là-bas? A minuit, sur le parvis, devant le porche de l'église, un grand trou se creuse et Satan apparaît.

Dans ce trou, cinq cavernes se superposent; dans la première il y a de l'argent, la seconde contient de l'or, la troisième des rubis, la quatrième des émeraudes, la cinquième regorge de diamants. S'il passe par là quelque mauvais garçon plus désireux du plaisir que soucieux de son salut éternel, Satan l'appelle :

— Vas, lui dit-il, descends là; tu peux aller au fond et remonter avec ta charge de pierreries. C'est une fortune incalculable à gagner en peu d'instants. Mais si tu n'es pas de retour quand la cloche de l'enfant de chœur retentira, ton âme sera ma proie.

Les bonnes femmes n'osent point révoquer en doute ce fait surprenant. Et du reste, pourquoi Satan n'offrirait-il point un appât aux convoitises insatiables des pauvres humains. L'homme prudent pourrait se contenter d'aller prendre sa charge dans la chambre d'argent. Ce serait prudence; mais ce métal est si lourd, et si mince le profit. Précipitons-nous au fond du gouffre. Il y a chance de cueillir une moisson de gemmes... et si nous réussissons !...

Hélas ! mon ami, à cette heure-là même, nos frères se couchaient sous la neige et mouraient de faim, de froid, de fatigue... Les églises étaient en deuil... Paris manquait de vivres. Il n'y eut de plantureux réveillons que chez Leurs Excellences Démocratiques, et, tandis que le pain se pesait au gramme, on servait des truffes sur la table des ministres.

France, quand viendra le Rédempteur, et quel jour sera pour toi Noël ?

Paris, Décembre 1871.

CINQ JOURS EN ITALIE

A MONSIEUR JACQUES DE BLANCHEVILLE

LETTRE D'UN RHÉTORICIEN

Rimini, 12 mai 1866.

Tu m'as fait promettre, mon cher ami, de t'écrire mes petites impressions de voyage. Je commence donc une longue lettre.

Il est parfaitement inutile que je m'étende sur mon voyage de Saint-Michel à Lanslebourg. Tu connais comme moi cette rampe pittoresque et accidentée du haut de laquelle on voit de tous petits villages s'étaler sur une langue de terre tout au fond d'un précipice, ou se nicher comme un nid de vautour au sommet d'un rocher.

Des roches et toujours des roches, des précipices, des ravins, des forêts, des cascades, et au bord des chemins de petits oratoires peints en rose tendre et d'humbles croix de bois, voilà ce que l'on peut contempler sur la route de Saint-Michel au Mont-Cenis.

Nous arrivons enfin à Lanslebourg, et nous commençons à gravir le Mont-Cenis.

La nuit tombait, et la température était loin d'être torride. Le ciel était couvert ; çà et là quelques interstices qui laissaient voir un coin de bleu et passer la faible clarté d'une étoile.

Les sonnettes des mulets qui traînaient notre lourd véhicule *tintinnabulaient*, accompagnant le chant monotone du muletier qui les conduisait.

Ce n'était point un muletier de Castille... ni d'Andalousie, crois-le bien. Il ne portait ni la veste écarlate à grelots d'argent, ni les culottes de velours noir, ni le catalan à pompons rouges, mais une blouse bleue, un vieux pantalon de la brigade de Savoie et un képi tout déformé, vieux débris de Novare.

Je m'amusais à le voir marcher d'un pas égal, aiguillonnant de temps à autre l'ardeur de ses bêtes, interrompant sa chanson pour pousser un formidable : *hue* ! et faire claquer son fouet.

Les premières rampes de la montagne furent franchies assez lestement. (Je dis lestement, c'est relatif !)

Pendant une heure tout alla bien. Des Anglais qui se trouvaient avec moi dans la voiture se mirent à croasser dans leur langue.

Je m'endormis !

Quand je m'éveillai, nous étions en pleine tourmente.

C'était beau à voir ! Des colonnes de neige tourbillonaient autour de nous, et tombaient en masses serrées sur des murailles de neige entre lesquelles nous marchions. Les sommets de la montagne étaient d'une blancheur éclatante et se confondaient avec le ciel, que des nuages blancs couvraient entièrement.

L'œil ne pouvait reposer son regard que sur des masses blanches, informes et sans ombre.

On se serait cru transporté au milieu de l'espace.

C'était beau ! mais j'avais presque peur. Nous *roulions* cependant, insouciant du danger, côtoyant ces profondeurs que l'œil n'ose pas mesurer, et ces hauteurs que nul homme, sauf Annibal, n'a osé franchir.

Tout à coup la voiture s'arrêta : des traîneaux obstruaient le passage. Le conducteur se mit à crier, les postillons à hurler, les mulets à hennir, et nos Anglais à parler de plus belle.

La situation m'eût paru comique en tout autre moment, mais je grelottais dans mon coin, enveloppé tant bien que mal dans mon manteau, et maugréant et pestant contre les ennuis du voyage.

Enfin, après avoir accroché plusieurs traîneaux, la voiture se remet en route : les conducteurs cessent les blasphèmes dont ils faisaient retentir les airs, et ces blonds enfants de la blonde Albion se taisent !

Je ne puis te narrer, mon bon Jacques, tous les accidents de mon passage sur le Mont-Cenis, et toutes les frayeurs que j'eus à subir, cahoté de ci, de là, frottant souvent mon pauvre nez contre celui de mes voisins. Je me rappelle encore la valse infernale que j'eus à danser en descendant le versant italien. Cela ne me rappelait pas du tout les bals du casino d'Aix.

Emportés avec la rapidité du vent à travers les immenses plaines de la Lombardie qu'une luxuriante végétation couvre déjà, quoique le printemps soit à peine commencé, nous traversons Turin, Alexandrie, Parme, Reggio, Modena, Bologne la savante...

Nous marchons encore, toujours... Une ligne bleue à l'horizon : c'est la mer ! La vapeur siffle ; la voix aigre des crieurs glapit : *Rimini* !

Il faut descendre.

Rimini a comme toutes les villes italiennes un caractère d'originalité remarquable. D'abord, elle est située sur le Rubicon qui s'appelle aujourd'hui la Marecchia, et pour peu que tu te rappelles combien de fois nous passâmes le Rubicon en compagnie de César, tu jugerais de l'intérêt que Rimini a eu pour ton vieux camarade. D'autre part, on me dit que la Marecchia est l'antique *Arimina*. Qu'en penses-tu ? A moi, ça m'est bien égal. Ouvres Bouillet.

Faut-il te décrire *la Rocca*, l'antique forteresse des Malatesti, le palais où un jaloux féroce a poignardé Françoise de Rimini ? Elle s'élève sur la *Piazzo della Communita* ! En face, il y a une assez médiocre statue de Paul II.

Je dois te dire que la Marecchia a un pont, un pont romain ; cinq arches : deux inscriptions, une superbe corniche, le tout gravé dans l'œuvre de Palladio. Puis, à l'extrémité de la ville, autre bâtisse romaine ; un arc érigé en l'honneur d'Auguste, avec deux médaillons chargés des têtes de Jupiter et de Junon. Te parlerai-je encore du *Tempio Malatestiano*, ancienne Eglise de Saint-François qui est un monument fort beau, très-rempli de marbre, de mosaïques et de tableaux ?

Covignano, où j'ai passé trois jours, chez notre ami Tito Cariani surnommé *Chocatte* et *Balordo*, est une colline qui descend en pente douce jusqu'à la mer, et qui est si belle que pour s'en faire une idée, il faut croire à toutes les descriptions ampoulées des poètes ou prétendus tels qui ont parlé de la belle Italie...

Un rideau de roses, de jasmins, de campanules violettes retombe sur ma fenêtre et empêche que les rayons du soleil ne fassent irruption dans mon *chez-moi*.

Les fleurs du citronnier, de l'oranger, de l'églantine imprègnent l'air d'un parfum agréable, mais violent à l'excès. Dans les bois, des milliers d'oiseaux célèbrent, comme disent certains *grimauds de lettres*, le retour du printemps.

Si je soulève mon rideau fleuri, un merveilleux paysage charme mes yeux éblouis. Sur une longueur de quatre milles s'étend une plaine toute couverte de verdure.

Des champs de lin, dont les fleurs bleues ondoient au moindre souffle du vent, des champs de blé, vert encore, tout semés de coquelicots amaranthes et de pavots écarlates, des bosquets d'oliviers et de figuiers sous lesquels se cachent des chaumières ou d'humbles églises aux murailles blanches.

Puis, çà et là un cyprès au noir feuillage se dressant au bord d'un chemin et ombrageant une croix de bois devant laquelle chaque passant ôte pieusement son chapeau ; et, sous le feuillage, de grandes mares d'eau dont le soleil fait pailleter mignonnes vagues frémissantes !

Tout ce merveilleux ensemble a pour bornes l'immensité, c'est-à-dire la mer !

Et cette mer, ce n'est point une mer vulgaire comme cette Méditerranée qui baigne cette vulgaire Marseille et cet odieux Toulon et qui n'a que deux perles à sa couronne, Gênes la superbe et Nice la fleurie ! cette mer, c'est l'Adriatique, qui baigne Venise, et ses palais de marbre, et son Lido, et son Saint-Marc...!

Cette mer baigne encore Trieste et la Dalmatie, et Corfou, et Ravenne, où le Dante a trouvé un tombeau.

Oh ! qu'elle est belle cette Adriatique à qui les doges donnaient autrefois l'anneau des fiançailles, et sur laquelle voguaient des flottilles de gondoles richement parées, écoutant Torquato Tasso dire les plus beaux vers de sa *Jérusalem délivrée*, ou Boccaccio conter ses *Nouvelles*, ou l'Arioste dépeindre les fureurs du paladin Rolland.

Et maintenant il n'y a plus de poètes, il n'y a plus de seigneurs ! Tasse est mort, Boccaccio est mort, et l'Ariosto est mort, et la Poésie est remonté au ciel avec sa sœur la religion.

Cependant, quand le ciel si bleu de cette Italie tant aimée se confond avec l'eau si bleue de cette Adriatique chérie ; que je vois le soleil disparaître dans l'onde qui bouillonne et qui s'irrise comme la nacre des perles, laissant après lui une éblouissante traînée d'or et de pourpre fondue dans une même nuance, oh ! que je trouve l'Italie belle ! et que j'éprouve de bonheur à m'écrier, enthousiasmé, avec le vieil Alighieri :

> ... Ahi, serva Italia,
> O patria degna di triumfal fama !

Limoges. — Imp. Marc Barbou et Cⁱᵉ.

www.ingramcontent.com/pod-product-compliance
Lightning Source LLC
Chambersburg PA
CBHW051816020726
47502CB00005B/1489